きみとの明日を消したい理由

Reasons why I want to cancel
the future days with you

櫻いいよ

角川書店

きみとの明日を消したい理由

目　次

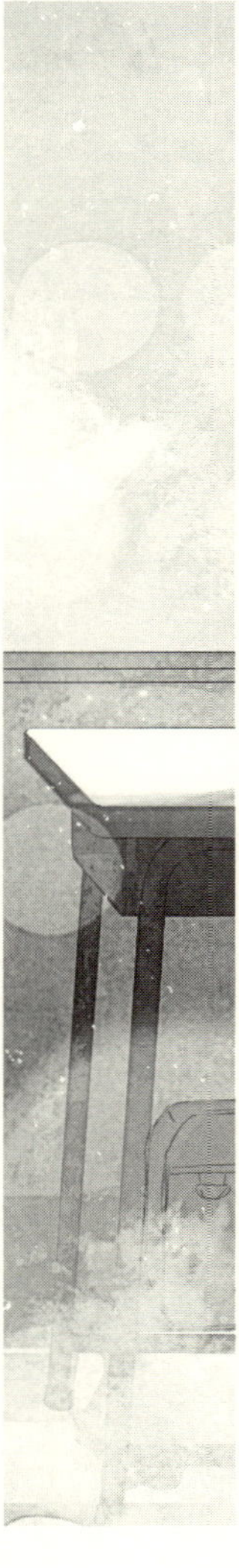

装画　中村至宏
装丁　青柳奈美

Ⅰ 死ぬまでに、考えたい

窓の外の青い空が言った。いつか、ひとは死ぬ、と。

もちろんそれはわたしが心の中で呟《つぶや》いただけで、空はなにも語らない。

ひとはいつか、必ず死ぬ。それを知らないひとはこの世にいない。

にもかかわらず、ほとんどのひとは、今日も明日も明後日も、自分は生きていると信じている。〝明日〟はいつまでも終わらないと、無意識に考えている。明日死ぬかもしれない、と毎日忘れることなく過ごしているひとなんて、稀《まれ》だろう。

わたしも、そんなふうに生きてきた。

だからって、日々を怠惰に過ごしていたわけじゃない。

なのに。

「いや、詳しい話は……また改めてしよう」

目の前にいる医師――母方の伯父《おじ》が、眉間《みけん》に皺《しわ》を刻みながら言った。視線はわたしではなくカルテに向けられている。今にも泣きそうな顔から、かなり深刻な状況だというのを理解した。医師としてはあまり褒められたことではないかもしれない。けれど、高校二年の姪《めい》っ子を目の前にして、平然とされるよりもいい。

わたしはどうやら、遅くとも五年後には死ぬらしい。

医者としてはあるまじきうっかりで、伯父はわたしの余命を口にしてしまった。小さな声だったけれど、わたしはそれを聞き逃さなかった。

言葉は理解できるのに、その事実がうまく体に染みこまない。そんな感覚だ。

――『あんたの生活、つまんなそうだなあ』

なぜか、春日井《かすがい》くんの言葉が脳裏に蘇《よみがえ》った。

その日の帰り道、数秒前まで空を羽ばたいていたカラスが車に轢《ひ》かれて死ぬ瞬間を目の当たりにした。

+ + +

死ぬときに後悔しないように、大切なひとがいなくなったときに後悔しないように、自分の足で立って生きないと。やるべきことをやって、他人に任せず自分で選んで、その道に責任を持つ。そんなふうにして、やっとひとはいろんなものを摑《つか》めるんだよ。

日だまりの中で、真剣な眼差《まなざ》しでわたしにそう言ってくれたひとがいた。より江《え》さんというそのおばあさんは、中学生だったわたしに、子どもではなくひとりのひととして目を合わせて語ってくれた。杪夏《びょうか》の匂いが漂う庭に、わたしたちはいた。

次第に視界が霞《かす》み、わたしは目を覚ました。

より江さんとはじめて出会った日の夢を見ていたことに、自室の天井を見上げて気づく。

□英語だけではなくすべての教科を満遍なく勉強する
□英語は特に頑張り手を抜かない
□二年の留学生に選ばれる
□英会話で詰まらずに話ができるようになる
□希望の大学に合格する
□大学生になったらバイトして二年の語学留学をする
□ひとに迷惑をかけない
□ひとにやさしくする
□時間を有効活用する
□計画的に動く
□要領を考える
□自分のことは自分でする
□家族の手伝いをする
□まわりをよく見て動く
□たくさんの経験をして視野を広げる

□後悔しないように全力を尽くす
□常に目的とそこに至るまでの道のりを考える
□動く前に一度考える
□なにごとにも先入観を持たず食わずぎらいはしないようにする
□いつも笑顔を忘れない
□友だちを作る
□自信を持つ

体を起こしベッドから出るとすぐに、机の上に置いてあったスケジュール帳を広げて眺めた。

懐かしい夢を見たから、ではない。中学一年の秋、より江さんと出会った日の夜に作成したリストを毎朝確認するのは、高校二年になった今も続けている日課だ。

もちろん、毎年スケジュール帳を買い換えるたびに、内容は少しずつかわっている。

一見〝やることリスト〟のようだが、それほど大層なものではない。日々のことから将来の夢まで、思いつくままに書かれているこれは、わたしが毎日を過ごすうえで〝忘れちゃいけないことリスト〟だ。

朝起きて、ひとつひとつを頭に叩《たた》き込むと、今日も一日頑張ろう、という気持ちになれた。

なのに今日は、まだそこまで気持ちを浮上させることができない。

「今日、放課後より江さんに会いに行こう」

そうすればいい。

気分が上がらないのは先週の水曜日以来会っていないせいだ。金曜日が祝日だったこともあり、五日ほど顔を合わせていない。これまで週に二、三回は必ず会っていたから、ものすごく長いあいだ会えていないような気がする。

より江さんと過ごせば、この三連休、持て余していたぐちゃぐちゃの感情もすっきりするはず。学校が終わったらすぐにより江さんの家に行こう。名前も知らない花々の手入れを手伝って、縁側でお茶を飲んで、今わたしが抱えるものすべてを、より江さんに吐き出したい。

そうしたら、より江さんはわたしに問いかけてくるだろう。

――『あんたは、どうやったら後悔しないと思う?』

答えはもう知っているだろ、と言わんばかりの呆《あき》れた顔で。

「よし」

この三日間、食事とトイレとお風呂《ふろ》以外のほとんどを自室で過ごしただるい体に気合いを入れる。より江さんのように、背筋を伸ばし、顔に力を込める。そして、スケジュール帳をパタンと閉じて通学カバンの中に入れた。

階段をおりて洗面所で顔を洗うと、正面の鏡には目の下に隈《くま》のできている疲れた顔のわたしが映っていた。ショートボブの髪の毛も、心なしかいつもよりもパサパサな気がする。

きっと、怠慢に過ごしていたせいだ。そう自分に言い聞かせてリビングに足を踏み入れると、お母さんが慌ただしい様子でわたしの前を横切った。

「あ、祈里《いのり》、起きたの」

「うん、おはよう」

「もう体調は大丈夫そうね、よかった」

ほっとしたように言ったお母さんから、今日は気にせず仕事に行ける、という思いが透けて見える。

でも、もしも学校を休まなければならないほどわたしの具合がよくなかったとしても、お母さんは仕事に行くだろう。これまではもちろん、昨日までの三連休も、お母さんは体調が悪いから部屋で寝ている、と言ったわたしを置いて仕事に行った。単身赴任中でお父さんは常におらず、お兄ちゃんもお姉ちゃんも出かけていたにもかかわらず。

カフェの店長として働くお母さんは、そう簡単に仕事を休めない。休日は特に忙しいので、迷惑をかけるわけにはいかない。お母さんだけではなくいろんなひとが、わたしのせいで大変な思いをしてしまう。

わかっている。だからわたしはいつも、大丈夫、と言っていた。

なのに、なんで今は気にしてしまうんだろう。

そもそも三連休の体調不良だって、ひとりになりたいだけの言い訳だったのに。
□ひとに迷惑をかけない
リストのひとつを思い浮かべて、心の中で繰り返す。そしていつものようにキッチンに立って冷蔵庫から常備菜や卵を取り出しお弁当の準備をはじめる。

忙《せわ》しなく動くお母さんが、ふとダイニングテーブルの前で足を止めて数本の花が挿されている花瓶を手にした。わたしが先週、より江さんからもらったものだ。帰宅してすぐに花瓶に挿して飾ったのも、わたしだ。

真っ白だった蕾《つぼみ》は、開くと鮮やかなピンクの花びらにかわった。

「これ、もうダメね」

お母さんの言うように、もうピンクの花びらは黒ずんで萎《しぼ》んできている。

飾ったときも、花が咲いたときも、お母さんはなんの反応も見せなかった。けれどいつだって、枯れたときには誰よりも先に気づき、躊躇《ちゅうちょ》なくゴミ箱に入れる。

ずっと、気分が重い。そのせいで些細《ささい》なことが気にかかる。

お弁当箱に詰め込まれていくおかずのように、感情の整理をしなくては。いつものように、ちゃんとしなくては。きれいに整った状態でいなくては。

そのために三日間ひとりで過ごし、朝起きたときはもう大丈夫だろうと思えたのに。

「毎日マメだな、祈里は」

「あ、おはようお兄ちゃん」

いつの間にかそばにいたお兄ちゃんが、背後からわたしを見ていた。

「海里《かいり》、今日はいつもよりはやいんじゃない？」

お母さんが声をかけると「今日は朝イチで会議があるから」と言って冷蔵庫から水を取り

出した。

「にしても、毎日早起きして弁当作るなんて、よくやるな祈里」

喉《のど》を潤してからくあっとあくびをして、お兄ちゃんがダイニングテーブルにつく。

お兄ちゃんとお姉ちゃんのときは、ずっとお母さんがお弁当を作っていた。

けれど、お弁当が必要なのはわたしだけになると、お母さんは「今日はコンビニか売店にしてちょうだい」と言うようになり、その都度もらえたお小遣いも忘れるようになった。わざわざそれを言うのに抵抗を感じるため、いつからか、こうしてわたしは自分でお弁当を作るようにした。

作りたくて作っているわけじゃない。正直面倒だと思う。

ただ、そうしなくちゃいけないだけ。

お弁当に限らず、朝食も同じような理由で自分で用意している。そしてそのついでに、わたしがお兄ちゃんのコーヒーや朝食を準備する。サラダを盛りつけたり、パンを焼いたり。

「料理が好きなのは悪いことじゃないけど、勉強もちゃんとしろよ。今の時代、女は男は、なんて考えは古いんだから。男でも女でも勉強できるに越したことはないぞ」

「……うん」

いつもの小言だと、お兄ちゃんなりのやさしさだと、何度も自分に言い聞かせながら返事をする。

「昨日までの連休も家にいたんだって？　友だちと遊んだりもしないとメリハリなくなって

効率悪くなるぞ」

　この三連休、お兄ちゃんは彼女と遊び、友だちとキャンプにも出掛けていたので、わたしが家にいた理由を知らない。

「もし勉強でわかんないところあるなら、俺が教えてやるから」

　お兄ちゃんはやさしい笑みを顔に貼り付けてわたしに言う。

　勉強も運動もできるお兄ちゃんなら、訊《き》けばなんでも教えてくれるだろう。中学ではいつもテストはほぼ満点で全国模試でも上位に名前がのっていた。県内トップの公立校に進学し、大学ももちろん全国でも有名な国公立だ。そして就職活動ではあっさりと希望職種の大手企業に内定をもらい、働き出してからもいろんな実績を上げている、らしい。

　なんでもできるお兄ちゃんは、わたしにとって自慢のお兄ちゃんだ。

　なんでもできるお兄ちゃんからすれば、わたしはまだまだだ。

「大学は、国公立に合格できるように頑張れよ」

　お兄ちゃんの言葉に、胸に小さな棘《とげ》が刺さる。

「菜里《さいり》は？　まだ寝てんのか」

「うん。お姉ちゃん、今日は昼からのシフトだって昨日言ってた」

　二年前に大学を卒業したお姉ちゃんは、大手アパレルメーカーの社員として販売の仕事をしている。朝から仕事のときはそろそろ起きてくるけれど、今日は十時頃まで起きてこないだろう。

お兄ちゃんはわたしの淹《い》れたコーヒーに口をつける。そして、焼き上がったパンとサラダをわたしがテーブルに並べると、なにも言わずにそれを口に運びはじめた。

ああ、家を出る前に伯父さんにもらった鎮痛剤を飲むのを忘れないようにしなくちゃ。

小さく痛んだ頭に手を添えて、心にメモをする。


学校までは片道一時間半。駅までバスに乗り、電車を一度乗り換えて県を跨《また》いだ先にある私立高校に向かう。

本当は、滑り止めとして受験した高校だ。

ただ、通学時間が第一志望の公立高校の倍以上になったこと以外、今は特に不満はない。むしろ、オーストラリアにある学校と姉妹校のため外国語教育に熱心で、英語が得意なわたしにはぴったりだった。

志望校に落ちたときは情けなくて仕方がなかった。あれだけ勉強したのに、結果的に無駄になったことがひどく虚《むな》しかった。

より江さんがいなければ、わたしは今もうじうじと自分の不甲斐《ふがい》なさを引きずっていただろう。

より江さんに「いまさら悔やんでも仕方ないだろ」「そっちのほうが情けない」と一蹴《いっしゅう》されたことで、気持ちを立て直すことができた。

──『それを後悔にするかどうかはあんた次第だよ』

その言葉を何度も繰り返し思い出す。

お兄ちゃんに、要領が悪い、本番に弱い、と言われたときも必ず。

でも、挽回《ばんかい》する時間が残り少ない場合は、どうすればいいんだろう。

そんなことを言えば、より江さんにまた呆れられそうだな、と苦笑する。

学校までの道のりは、同じ制服を着た学生たちがたくさん歩いている。

そして、毎日同じ時間の電車に乗っているからか、いつも彼の背中が見える。

去年、同じクラスだった、春日井くんだ。

今日も友だちと談笑しながら歩いている彼の後ろ姿をじっと見つめる。微《かす》かに「そういえば、春日井もさ」と彼のとなりの男子生徒の声が届いた。それに対して彼——春日井くんは「そんなことないし」と笑う。

友だちを見るために横を見たからか、ふと、彼がうしろにいるわたしを捉《とら》えた。

目が合う。

笑みを浮かべていた彼が、一瞬真顔になって、そして再び前を向く。

「毎日の恒例行事だな」

自嘲《じちよう》気味に呟いたわたしの声は、まわりの誰にも届かなかっただろう。

「おはよー、祈里！」

「うわ、びっくりした！」

ぽんっと背後から肩を叩かれて、大袈裟《おおげさ》なほど驚き振り返る。クラスメイトの鶴《つる》ちゃんが

「驚きすぎ」と言って満面の笑みでわたしの横に並んだ。

「三連休でぼけてんじゃないのー？　もしくは勉強しすぎとか？」

「まさか。ずっとだらだらしてたよ」

「祈里がだらだらとか、想像できないんだけど」

そんな話をしていると、今度はとなりから羽衣華《ういか》が顔を出して「はよー」と声をかけてくる。いつもと同じ登場に、鶴ちゃんと一緒に笑った。滅多なことがない限り、わたしたちは毎朝この道で会い、一緒に学校に向かう。

その途中で、

「あ、春日井もおはよー！」

と鶴ちゃんが少し前を歩く春日井くんに声をかけるのも、いつものことだ。

名前を呼ばれた春日井くんは友だちと一緒に振り返り、

「よう」

と笑顔で挨拶《あいさつ》を返してくる。そして「松坂《まつざか》もおはよう」とわたしの名前を呼ぶ。

まるで、さっきわたしと目が合ったことなんてなかったかのように。今の今までわたしがうしろにいたことを知らなかったかのように。

にこやかな彼の笑みに、さっき目が合ったと思ったけど気のせいだったかも、と思わされる。誰にだって親しげな対応をする春日井くんが、わたしに気づかないフリをして目を逸《そ》らすなんて、そんなはずはないだろう、と。

でも、毎朝繰り返されればいやでも気づく。

――彼は、わたしのことをきらっている。

「どうかした?」

じっと春日井くんを見ていると、彼が不思議そうに首を傾げる。

「ううん。なんでもない」

「祈里、今日はほんとぼーっとしてるね。休みボケなんだってさ」

「松坂が? 珍しいな」

鶴ちゃんの言葉に、春日井くんが目を丸くした。だよねーと鶴ちゃんも羽衣華も、春日井くんの友だちも同じように笑う。

「生き急いでたくらいなのに」

「たしかにそんな感じだよね。今やれることは全部やるって感じ。なにごとも後回しにしないどころか先回りするくらいの勢いだったよねえ」

そんなことないよ、と言いながら、今のわたしはどんな顔をしているのかと不安になる。どうしちゃったのさーと心配されると、なおさらだ。

「実はもうすぐやってくる中間テストの勉強をすでにやってたんじゃないの?」

「あ、ありえる! そうなの祈里?」

「まさか。まだ半月以上あるのに、そんなのしないよ」

「松坂ならやってそうじゃん」

なあ、とみんなに同意を求める春日井くんに、もちろんみんなは頷《うなず》いた。

わたしに気軽に話しかけてくる春日井くんの様子は、まわりから見て特になんの違和感もないだろう。むしろ彼は、こうしてみんなと一緒にいるときは気さくにわたしに声をかけてくるから。

でも、わたしに向けられる彼の目は、いつだって冷ややかだ。微笑んで目が細くなっているのに、笑っていない、と感じる。明らかに無理をして、まわりに気づかれないようにわたしに接している。

かといって、適当に話をしている、というわけでもないのが、不思議で仕方がない。

皮肉が込められているような彼の発言には、どういう意図があるんだろう。

「なに言ってんの」

気にするな。いつものことだ。わたしも彼のように当たり障りなく、みんなに違和感を覚えさせない程度に対応すればいい。そう言い聞かせてへらっと笑うと、彼がわずかに眉《まゆ》を寄せた、気がする。

「なんか、ひどい顔してるな、松坂」

「え、あ、ああ、ちょっと、ネットのドラマ観て夜更かししたから」

「夜更かしで今にも死にそうな顔になるって、どんだけなんだよ」

今にも死にそうな顔とは。頰に手を当ててそんなにひどいんだろうかと不安になる。でも、今朝、お母さんも、お兄ちゃんも、なにも言っていなかった。

「大丈夫だよ」

とりあえず、そう答える。わたしの返事に、春日井くんは僅《わず》かに眉を持ち上げた。

「いつも優等生って感じだな。いいけど。ドラマってなに観てた？　おもしろかった？」

優等生とはどういう意味なのか。疑問を覚えながら、観た海外ドラマのタイトルを伝える。

ミュージカルまじりの、明るい、楽しい学園ドラマだった。

底なし沼に沈んだような気持ちをどうにか浮上させようと、できるだけ重さのない、恋愛青春ドラマを探して見つけたのだ。シーズン5まで、三連休のあいだイヤホンをしてスマホで観続けた。

「主人公がすごく逞《たくま》しくて、いじめられてるのに自分に自信があって、なにをされても言われてもへこたれなくて、やりたいことをやり続けていくのが、すごかった」

ちいさな画面に映っていた女の子の姿を思い浮かべる。

学園コメディ風ではあるものの、いじめられているヒロインは、常にまっすぐに前を見ていた。胸を張って、自分の夢を語っていた。その夢に、無謀のように思える形で体当たりして、ときに失敗して、それでも突き進んでいた。

彼女はどれだけ時間がかかっても、夢を摑むために、決して諦《あきら》めない。

その姿に自分を重ね、同時に、妬《ねた》ましくなった。

「あの子は、いつ死んでも後悔なんかしなそう」

「……なにそれ」

独り言のように呟くと、春日井くんの失笑が聞こえた。

あまりの冷たさに弾《はじ》かれたように顔を上げる。わたしの驚きに自分が声を発していたことに気づいたのか、彼は慌てて「そうなんだ」と口の端を引き上げた。

「死ぬときの後悔なんてつまんないこと考えるより先に、松坂は寝たほうがいいよ」

この言葉を先週聞いていたら、わたしは「そうだね」と答えただろう。

でも。

言葉が出てこない。かわりに曖昧《あいまい》に微笑んで話を終わらせる。それに対して春日井くんは特に気にする様子も見せずに「じゃ」と大きく足を踏み出して、友だちと一緒に先を歩きだした。

つまらないこと、か。

以前にも、春日井くんにそう言われたことがある。

去年、春日井くんと同じクラスで、となりの席になったときだ。

「つまんなくねえの？」

突然となりから聞こえてきた声に顔をあげると、春日井くんがわたしの机をじっと見ていた。ちょうどそこにはわたしのスケジュール帳があり〝忘れちゃいけないことリスト〟のページが開かれていた。

つまんなくねえの？　という質問とこれは関係があるんだろうかと不思議に思った。

首を捻《ひね》りつつ「つまらなくはないけど、なんで」と質問を返すと、春日井くんは頬杖《ほおづえ》をついてわたしと目を合わせた。

「それって言い換えたら〝タスク〟だろ。やるべきことの一覧。なんのためにそれ作ってんの？」

軽い口調に、若干の侮蔑《ぶべつ》を感じながら、「タスクっていうか、忘れないために書き出してるだけだよ。わたし、忘れっぽいから」と答えた記憶がある。

「松坂が？　そんなことなさそうだけど」

「じゃあ、このリストのおかげで、春日井くんにそう思われてるんじゃないかな」

なるほど、と本心かどうかわからない口調で春日井くんが言った。

いつもとちょっと雰囲気が違うように感じる春日井くんに、内心戸惑った。

高校生になりまだ一ヶ月ほどで、そのあいだに抱いた春日井くんの印象は、とても社交的で明るいひと、というものだった。でも、話しかけてくる春日井くんはどこかわたしに対して苛立《いらだ》ちを感じている様子だ。

それがなぜなのかは、わからない。

ちょっと言葉がぶっきらぼうだからだろうか。これが、春日井くんの素なんだろうか。

「すげえな、松坂は。まあ目標とか夢とかは口に出したほうが叶《かな》うって言うしな」

「春日井くんは、そういうのないの？」

「ないことはないけど……やりたくないことを目標にしたりはしねえな」

やりたくないこと、という言葉に、「え」と声が漏れる。それがはっきり春日井くんの耳に届いたのかはわからないが、彼は「だから、すげえなって」と今度は心の底から思っている様子で口にした。

それが妙に、胸に突き刺さる。決してナイフのように鋭くはない。ちいさなちいさな棘が、皮膚の中に入り込んでしまったくらいの、痛みだった。

春日井くんはもう一度「すごいけどさ」と言いながら大きなあくびをして立ち上がる。その様子を見つめて続きを待っていると、

「あんたの生活、つまんなそうだなあ」

そう言われた。普段柔らかい口調で話す彼のその声は、ひどく冷たく感じた。

わたし、なにか春日井くんの気に障ることをしてしまったんだろうか。

わたしはしばらく呆然《ぼうぜん》と、春日井くんの背中を眺めていた。

春日井くんをついつい目で追いかけるようになったのはそれからだ。そしてその結果わかったのは、理由はさておきわたしは彼にあまりいい印象を持たれていない、ということだ。

ぼんやりと去年のことを思い出していると、鶴ちゃんがわたしの顔を覗《のぞ》き込んできた。

「どうしたの、鶴ちゃん」

「いやあ、なんか、いつも思うけど、春日井と祈里って妙な雰囲気あるよね」

わたしと春日井くんの背中を確認するように交互に見て、鶴ちゃんがにやりと笑う。それ

に羽衣華も「わかる！」と同意をした。

「妙、って、なにが？」

　春日井くんがわたしをきらっていることに気づいているのはわたしだけかと思っていたけれど、そうじゃなかったってこと？

　動揺を見せてしまったせいで、「え、やだマジでなんかあるの？」とふたりにニヤニヤされてしまった。どうやら〝妙な雰囲気〟には恋愛的な意味を含んでいたことに気づきほっとする。

「いやいや、そんなのないよ」

　微塵《みじん》もない。お互い抱く気まずさが、それを悟られないようにと振る舞う様子が、まわり
に意識しているように見えるだけのことだ。

「でもさー。春日井って朝はいっつも祈里に声かけるっていうかさあ」

「気のせいだよ。春日井くんは誰にでも話しかけてるし、あの春日井くんがわたしなんかを
気にするはずないじゃん」

　それどころか、きらわれているのだ。

　むしろ、そういう意味ではわたしは彼にとって特別な存在なのかもしれないけれど。

　そのくらい、春日井くんは誰とでも話をする。相手が誰であってもにこにこと親しげに、
気さくに、言葉を交わす。高校で出会ってから、彼が怒った姿は一度も見たことがない。ム
ードメーカーのような華やかさはなく目立つタイプでもないけれど、彼のまわりはいつだっ

てどこかあたたかくて明るい。

そんな春日井くんだ。もちろん、それなりにモテる、と思う。背も高いし顔立ちも整っているのもあるだろうけれど、どことなくひとの目を惹《ひ》きつける魅力があるから。

「あの春日井くんが、祈里なんかを、ねえ」

ふーんと鶴ちゃんが、なんか、という部分をやけに強調して呆れたように言った。

「あたしは春日井よりも顔が濃いひとがいいけどなあ」

羽衣華は首を捻り呟く。おそらく脳内に三年のサッカー部の先輩を思い浮かべているんだろう。

先輩もかっこいいのはわかる。でも、春日井くんのほうが、オーラがあると思う。っていうか、サッカー部のような人気の部活に入っていると華やかさがあるから、女子からの人気も高いように見えるだけなんじゃないだろうか。実際のところ、校内でいちばん人気があるのは春日井くんなんじゃないかとすら思う。

「実際どうなの。正直に言いなよー。春日井はさておき、祈里はどうなの？」

「わたしが春日井くんを？　まさか。恐れ多いよ。それに今はまだ、そういうのよくわからないし。他のことで手いっぱいだよ」

「他って、ああ、そういえばもうすぐだっけ。交換短期留学生の選考結果が出るの」

鶴ちゃんに言われて、そういえばそうだったな、と思い出す。

うちの高校は、三年生になる前の春休みに二週間、オーストラリアの姉妹校で過ごすことができる交換短期留学制度がある。費用を学校が負担してくれるため志望者は多いが、行けるのはたった五名だけだ。選ばれるには、英語の成績はもちろん日々の生活態度も重要、という噂だ。

わたしも、一学期に志願していた。

中学生のときから英語が得意で、それを活《い》かした仕事に就きたいと考え見つけたのが翻訳家だ。そのために、いつか、大人になったら海外に行きたいと思っていた。交換留学生の情報を知ったときは、この高校に来たのはたまたまだったけれどなんてラッキーだったのかと興奮したほどだ。

そんなふうに思っていたのに、すっかり忘れていた自分に驚く。

先週まで内心どきどきしていたのが、はるか昔のことのようだ。

他のこと、に、この件は含まれていなかった。むしろわたしにはもう関係のない、無意味なものになっている。

……じゃあ、他のなにが、わたしにとって意味があるものなんだろう。

ふっと地面が消えたような感覚に襲われる。まるで、ジェットコースターが急降下したときみたいに、なにかが足元から体を突き抜けていく。

「あ、きたきた、祈里！」

頭を真っ白にしながらも鶴ちゃんたちの話に相槌《あいづち》を打ちながら教室までの道のりを進み中に入ると、クラスメイトのかおりちゃんが手を振ってわたしを呼んだ。

「おはよう、かおりちゃん。どうしたの」

「今日の一時間目の英語で和訳が当たるんだけど、祈里、やってきてるかなーって」

「ああ、うん」

見せてほしいのかな、とカバンの中に手を入れる。かおりちゃんは英語が苦手なようで、和訳は特に苦手みたいだ。いや、勉強そのものが苦手なのだろう。こうして頼まれるのは英語だけではない。

とはいえ、もちろんただノートを貸すわけではなく、いつもノートを見ながらかおりちゃんに説明しつつ一緒に課題をこなす、という感じだ。

「最近かおり、祈里をあてにして自分でやってこなすぎじゃない？」

「やろうとしたけどわかんないんだもん」

「そんなこと言って、家で教科書も開いてないんじゃないの？　昨日彼氏とデートだって言ってたし」

鶴ちゃんの言葉に、かおりちゃんが「なにそれどういう意味？」と若干頬を引き攣《つ》らせながら笑う。

「私だったら彼氏なんていたら勉強なんかしないもん」

ふははと笑う鶴ちゃんには、かおりちゃんの苛立ちを吹き飛ばすような豪快さがあった。一瞬ひりついた空気がやわらぎ「一緒にしないでよねー」とかおりちゃんも明るく言う。まわりの友だちも笑っている。

ひやりとしたのは、わたしだけで、わたしの気にしすぎかもしれない。

「これノート。荷物置いてくるから、ちょっと待っててね」

「ノートだけ貸したらいいじゃん。そこまでしなくてよくない？」

羽衣華は「ねえ」とかおりちゃんに同意を求めて、かおりちゃんは「うん、今日はいいよ」とわたしのノートを受け取った。

でも、それでは意味がないのでは。

「あ、え……と」

「ほら、邪魔しちゃ悪いよ。あ、あたしトイレ行きたい、行こー」

「え、あ、うん」

羽衣華がわたしの手を引く。朝トイレに行く時間なくてさー、と言う羽衣華に思わず笑ってしまい、ノートを写しはじめているかおりちゃんを一瞥《いちべつ》してから、まあ今日はいいかとカバンを置いて教室を出た。


なんだかんだ、外に出るって精神衛生上いいんだな。

授業が終わり、友だちの誘いを断り早々に帰路についた。途中の駅で電車を降りてぶらぶらと歩きながら、そんなことを考える。じんわりと浮かぶ汗を拭《ぬぐ》い、大丈夫だ、と気がつけば何度も心の中で唱えながら。

ついうっかりぼんやりとしてしまうことはあったけれど、日常に戻ったおかげで随分と前向きな気持ちになってきた気がする。友だちと過ごして、授業の時間になれば勉強して、ご飯を食べる。規則正しい、生活。

そういうのって、やっぱりひとには大事なんだな。

「なんせ三日間、ほぼベッドで過ごしたもんなあ」

記憶が曖昧なほど気持ちが沈んでいたのはそのせいだったに違いない。

まだ、なにもかもが元通り、とはいかないけれども。考えなければいけないことはいろいろある。でも、どうにかこうにか前を向ける。

それもきっと、日々〝忘れちゃいけないことリスト〟を胸に刻んで過ごしてきたからだろう。

カア、とカラスの鳴き声が聞こえて、体が反応する。空を仰ぐと、まだ太陽は頭上に浮かんでいて、視界が青く染まる。そばにある電柱から伸びている電線に、数羽のカラスがとまっていた。

ずんっと背中になにかがのしかかってくる。

現実の重み。

いや違う。そうじゃない。でもなにかに潰《つぶ》されそうで、足を踏ん張る。

まるで今日一日、夢の中にいたような、ずっと氷上にいたような、そんな心許《こころもと》なさが胸を襲う。

思わず膝《ひざ》をついてしまいそうになる足を瞬時に立て直して、前に踏み出した。

より江さんに会えば、この道の先にいるより江さんといつものような時間を過ごせば、わたしは大丈夫だ。

今この胸の中にあるぐちゃぐちゃしたものを、思いのままに吐き出してしまおう。

くだらない、しょうがない、ばかじゃないの。

より江さんの、そんな言葉がほしくて仕方がない。呆れていても、より江さんは決してそんな想いを抱いているわたしを無下にすることはないから。

だから、そうだよね、わたしって子どもだね、と受け入れることができる。

ツキツキと痛み出した頭に顔を顰《しか》めながら、より江さんの元に向かう。


わたしがより江さんと出会ったのは、中学一年の、初秋だった。

その頃わたしは、家の最寄《もよ》り駅から一駅のところにある塾に通いはじめていた。バスと電車で行くのは面倒くさいし、徒歩でもさほど時間がかわらないため、いつも歩いて向かっていた。

もともと偏頭痛持ちなので、たまに頭痛に襲われることはあったが、あの日は特にひどく、塾に行く途中で歩くのも困難になった。

ぎゅうぎゅうと脳が圧迫されているかのような痛みだった。なにもする気が起きないほどに気分が沈んでいたのもあったような気がする。

夕暮れどきにもかかわらず、空はまだ明るかった。

「なにしてんの、あんた」

道のすみで蹲《うずくま》っていると、凜《りん》とした声が降ってきた。そろりと顔を上げると、お母さんよりもずっと年上だとわかるおばあさんがわたしを見下ろしていた。

おばあさんにしては派手な色の服装が、意志の強さを表していた。吊《つ》り上がった目元から注がれる視線には、どんなミスも許さない、そんな厳格さを感じた。スキニーデニムを穿《は》いたすらりとした足は、堂々と肩幅に広げられていた。

怒られる、と反射的に思った。

すぐに答えなければ、と口を開けたけれど、うまくしゃべれない。あまりに頭が痛くて、喉が渇いて、全身がかさかさになっていて、なのに額には冷や汗が流れていて、餌を求める金魚のように必死に口を開閉することしかできない。

夏に置いていかれたのか、一匹のセミがジャアジャアと叫んだ。

「私の家の前にそんな格好で居座られたら困るんだけど」

「……っ、あ、す、すみ」

頰に手を当ててため息混じりに言ったそのおばあさんに、体がびくついた。

決して体が大きいわけではない。怒鳴られたり叱られたりしているわけでもない。なのに、怖かった。

慌てて立ち上がろうとする。けれど、足元がぐらついてバランスを崩してしまった。咄嗟《とっさ》に塀に手を伸ばして体を支えると、その衝撃で手のひらが痛む。

はやく動かなければ。そう思うのに、少し動こうとすると頭痛に襲われて視界がかすみ体から力が抜けてしまう。

どうしようどうしようとパニックに陥りながら「すみません」「ごめんなさい」と何度も口にした。その声がちゃんと目の前のおばあさんに届いているのか、自分でもよくわからなかった。わたしは今、正しく声を発しているのだろうか。

はあ、とため息が聞こえてきて、体が竦《すく》む。

「あ、あの、すぐ」

「誰もすぐどっか行けなんて言ってないでしょうが。ほら」

わたしの脇に手を差し込んで、おばあさんが体を支えてくれた。

力強いその手があまりに頼もしくて、ふっと気が抜けてしまう。

「中に入りなさい」

おばあさんは呆れたように笑って、わたしを庭に連れて行ってくれた。縁側に座布団を二枚並べて敷いて「しばらく横になったらいいよ」とわたしをそっと寝かせてくれる。

「季節の変わり目は体調を崩しやすい。水分補給もちゃんとしなさい」

そう言って、透明の水と薄茶色のほうじ茶が入ったグラスを丸いお盆にのせて持ってきてくれた。頭を上げて先に水を口に含むと、幾分か痛みが引いていく気がした。

「ほんとに、すみません……すぐ、出ていくので。迷惑かけてしまって、ごめんなさい」

おばあさんは縁側に腰掛けて、足と腕を組んだ状態で庭を眺めていた。その横顔は、面倒なことに巻き込まれた、と思っているように見える。

「本当に、すみません」

何度目かわからない謝罪を口にすると、おばあさんがちろりとわたしに視線を向けた。

「謝るのが好きだね、あんたは」

「……すみ、ま……せん？」

「謝るべきかわかんなくても謝るなんて、よっぽど好きなんだね」

どういう意味かと首を傾げながらまた謝罪を口にすると、おばあさんはぶはっと勢いよく噴き出した。カカカ、と豪快に、喉で音を鳴らして笑う姿は、とても自然でかっこよかった。残暑を吹き飛ばすようでいて、楽しんでもいるような。おばあさんのまわりが、ぱっと輝いているようにも見えた。

ひとしきり笑ってから、おばあさんがわたしに顔を向ける。

「軽々しくひとに謝るもんじゃないよ。それはラクしてるだけ」

ラクとは、どういう意味だろう。

「言えない人間よりはマシかもしれないけどね。それだけひとに迷惑をかけずに生きていきたいってことなのかもしれないし。ま、それは立派っちゃあ立派だよ」

おばあさんはなにかを手にして口にくわえた。

それが煙草だと気づいたのは、カチッという音と火の点《つ》くシュッという音が聞こえたときだ。

わたしの家族は誰も煙草を吸わないので、新鮮だった。くわえた煙草の先が、赤く灯る。おばあさんはすうっと音を出して息を吸い込み、ふわりと白い息を吐き出した。煙草の臭いがする。

スキニーデニムを穿いた足を、おばあさんが組み替えた。

「あんたは、死ぬときにまで謝りそうだね。あんたのせいでもないのに」

「ど、どうでしょう、か」

そんなこと考えたこともなかった。

「明日死ぬって言われたら、どう思う?」

「え、えーっと……?」

「ひとは誰だっていつかは死ぬんだよ。それが明日なだけだ」

そうだろうけれど、急に言われてもわからなくて横になりながら首を捻る。

おばあさんは、わかんないか、と言いたげに口の端を引き上げて再び紫煙をくゆらせた。その姿は、わたしの知っているどんな大人よりも、大人に見えた。

「あんたは、死ぬときに、ああしておけばよかった、こうしておけばよかった、なんて後悔ばかりになりそうだね」

「……おばあさんは、違うんですか?」

「おばあさんなんて呼ばないでくれる? 私にはちゃんと〝より江〟っていう名前があるんだよ」

じゃあ、より江さん、と言い直す。おばあさん――より江さんは満足そうに頷いてから
「私は後悔なんかしてたまるかって思ってるよ」と胸を張って答えた。

「あんたまだ中学生だろ」

「わたし、祈里って、いいます」

「知らないよそんなこと」

横やり入れるんじゃないよ、とまで言われて、ちょっと理不尽ではないかと思ってしまう。わたしも名乗ったほうがいいのだろうかと思っただけなのに。大人だけれど、子どものようなひとだ。

「祈里は、中学生だろ。まだまだ先があると思ってるんだろうけど、だったらなおさら、今からいろんなもんを自分で摑んでいかないと、あっという間に死ぬよ。後悔しないように生きるってのは、簡単なことじゃないんだから」

ふうっと細く吐き出された煙が、庭に向かって漂う。

そのときにはじめて、今目の前にある庭が、驚くほど彩りに溢《あふ》れていることに気づいた。煙草とともにキンモクセイの香りが鼻腔《びこう》を擽《くすぐ》る。そばにある大きな木が、わたしに日陰を作っていた。

「死ぬときに後悔しないように、大切なひとがいなくなったときに後悔しないように、自分の足で立って生きないと。やるべきことをやって、他人に任せず自分で選んで、その道に責任を持つ。そんなふうにして、やっとひとはいろんなものを摑めるんだよ」

より江さんの声が、煙草の煙と一緒にふわふわと舞う。

さっきまでのハキハキとしたしゃべり方がうそみたいに、あたたかく、どことなくさびしそうな声だった。

「あんた、したいことないの？」

「……ないと、だめですか」

歯を食いしばり、なぜかこぼれそうになる涙を呑《の》み込む。庇《ひさし》から差し込む太陽光が目に染みて、眉間に皺も寄る。

したいことって言われたって、わたしにできることは少ない。だから、できることをやる。そう思っていた。与えられたことを、真面目に、黙々と、ただひたすら。でも、どれだけ頑張っても、わたしはお兄ちゃんやお姉ちゃんのようには到底できない。

「だめなんて言ってないだろ。訊いただけだ。卑屈だねあんた」

「……う、ぐ」

声にならない声が漏れる。そんなわたしに、より江さんはカカカ、と笑った。

「ばっかだねえ、あんたは」

「なんでですか？」

悔しさと恥ずかしさを滲《にじ》ませて言い返すと「あんた、後悔が多くなりそうだ」と片眉を持ち上げて言う。

「あんたはちゃんと、ひとと関わんなさい」

「どうしてですか?」

「ひとはひとりじゃ生きていけないからだよ。ひとと関わることでしか見つけられないものがほとんどだよ。ひとりで考えて悩んだってそれで答え出したって、そんなもんは全部独りよがりだ。だから、この世界には自分以外の誰かがいる」

より江さんの言葉には、説得力があった。

長年生きてきたひとの、重み、みたいなものを感じる。

「ひとと関わったぶんだけ、選択肢ってのは増えるし、そのひとつひとつへの想像力や考え方も増えるってもんだよ。ただし選ぶのは自分でしな。それを、繰り返すんだ」

「そうしたら、後悔しないんですか?」

「後悔はそのあとの話だね。ひとと生きるために、自分がやるべきたくさんのことを見つけて、選んで、それを自分でやる。そしたら、後悔しないで済むかもね」

そうなんだろうか。

今のわたしは、後悔するのかな。

やるべきこと。より江さんの言葉を反芻《はんすう》して、自分の〝やるべきこと〟とはなんだろうかと考える。

「ひとりで、まわりの大切なひとと、ちゃんと生きなさい」

なんでこのひとはそんなことをわたしに言うんだろう。

わたしが毎日、いろんなことを諦めながら過ごしているのを知っているみたいだ。どんなに頑張って勉強してもそれほど成果を出せないこととか、それなりにいたはずの友だちとの関係が今現在よくないこととか。

ほかにも、いろいろ。

うまく言えないけど、ずっと胸の中に暗雲が広がっている感じの、なにか。

「わたしにも、できる、のかな」

「悩んでるあいだは無理かもね。できるかできないかじゃなくて、やるんだから」

なるほど。

ばっさりはっきり言われてしまい、笑うしかなかった。より江さんは「なに笑ってんだ」と怪訝《けげん》な顔をして煙草の火を消した。煙草の残り香は、吸っているときとは違った香りがした。

かっこいいな。こんなに、かっこいい大人がいるんだな。

あの日から、わたしは塾のある日は必ずより江さんの家に立ち寄るようになった。高校生になって塾はやめてしまったけれど、それでも、学校帰りにときおり途中下車してより江さんに会いに行った。今まさに、わたしが歩いているこの道を通って。

一緒に庭にある植物に水を撒《ま》いて過ごした。和菓子とお茶で静かな時間を過ごした。雨の日はその様子を眺めながら、晴れの日は汗を浮かべながら、たくさんの話をした。

より江さんにだけは、わたしは不思議なくらいなんでも話せた。

友だちのことや家族のこと、自分の情けない部分を隠すことは一度もなかった。より江さんにはなにもかもお見通しだろうと思ったからだ。それに、より江さんはわたしがいい子でいようと取り繕わなくても、気にしないだろうという安心感もあった。

より江さんはわたしの話に呆れることはあっても適当なことは言わなかった。

正解不正解を教えてくれるわけじゃない。すぐに答えを求めてくることもない。

気持ちの整理をつけるための案内役、という感じだ。

たまに「好きにしたらいい」と突き放されることもあったけれど、そういうとき、わたしはその後じっくり自分のしたいことを考えることができた。

これが、ひとと関わることなのかな、とより江さんと出会ってはじめて思えた。

でも、話すのはほとんどわたしだった。

より江さんの私生活やこれまでの人生がどんなものだったのかは、ほとんど知らない。教えてくれたのは、大宮《おおみや》より江、という名前であることと、ずっとひとりで暮らしている、ということくらいだ。

あとは、この家で誰かと暮らしていた、ということだ。

友人なのか、家族なのかは、わからない。聞いたことはあるが、その度にやんわりとかわされた。

そのひとが花が好きで、そのせいでこんなに賑《にぎ》やかな庭になったのだと言っていた。

——『明日死ぬって言われたら、どう思う?』

——『ひとは誰だっていつかは死ぬんだよ。それが明日なだけだ』

——『あんたは、死ぬときに、ああしておけばよかった、こうしておけばよかった、なんて後悔ばかりになりそうだね』

より江さんの言葉を思い出す。

中学一年のわたしにとって〝死〟は、はるか先のことのようにしか思えなかった。

そして今の、高校二年のわたしには、それを——まっすぐに受け止めて考える余裕がない。ただ、仄暗《ほのぐら》さを感じるだけだ。

「どう思うんだろうね、わたし」

独りごつと同時に、キンモクセイの香りがした。そこで、より江さんの家がすぐそこだとわかる。

速度を上げてより江さんの元に向かう。強く足を踏み出すと一瞬頭痛がひどくなったけれど、構わず足を動かした。

目の前の十字路を左に曲がれば、右手に緑が溢れる家が現れる。そこに、より江さんがいる。今の時間なら打ち水をしているだろう。

「あれ」

けれど、家の前により江さんの姿はなかった。庭でなにか作業をしているのかも、と勝手に門を潜って庭に向かう。以前チャイムを鳴らしたときに「出迎えたり返事したりするのが面倒くさいから勝手に入ってきな」と言われてからはそうしているのだ。

庭からひとの気配は感じられなかった。

不用心だからやめたほうがいいよと何度も言ったのに、また縁側で昼寝をしているのかも。

庭に足を踏み入れて、「より江さーん?」と呼びかけながら中へ進む。

縁側に、腰掛けているひとがいた。

その姿に、息を呑む。

「なん、で?」

風が通りすぎて、庭の草木がかさかさと音を奏でた。花が揺れて緑の中に鮮やかな色が踊る。わたしの視界に映るその世界は、目を開けていられないほど目映《まばゆ》かった。

その中心にいたのが、

「なんで、春日井くんが、いるの」

わたしをまっすぐに見つめる、彼だった。

彼は立ちすくんでいるわたしに微塵《みじん》も驚きを見せないまま、寛《くつろ》いだ姿で座っている。

「それを言うなら、松坂のほうがなんでって状況じゃないか?」

なんの感情も浮かんでいない彼の視線に、体がびくついた。

笑みでもなければ、嫌悪もない。無表情、だ。それがよくわかる。普段誰に対してもにこにこしている春日井くんと同一人物だとは思えないくらいだ。顔や声が似ているだけの別人だと言われたほうが納得できる。

「突っ立ってないで、座れば？　ばあちゃんと違っておもてなしはできないけど」

「え、あ……、えと」

「立ってられるほうが気になるから、座ってくんないかな」

命令されているような、威圧感があった。

はい、とそろそろと足を動かし縁側に腰を下ろす。とりあえず、あいだにはひとが三人くらい座れるほどの距離をあけた。それが近いのか遠いのか、どちらの意味でかはわからないが、春日井くんが冷ややかな視線をわたしに向けてくる。

っていうか、さっき春日井くんは〝ばあちゃん〟と言わなかっただろうか。

「ここ、おれのばあちゃんの家」

「より江さん、が……？　春日井くんの、おばあさんだった、の」

「うん。そんなに頻繁に会っていたわけじゃないけど」

まさかより江さんに孫がいたなんて。

誰かと暮らしていたのは知っていた。結婚していたのかも、と思ったこともある。ただ、子どもや孫がいるとは思っていなかった。この家で誰にも会ったことがなかったし、話に出てきたこともないから、ひとりきりのおばあさんだと、そう思い込んでいた。

「ばあちゃん死んだよ」

「そっか……、て、え？」

思いがけないセリフに一瞬聞き流してしまった。

弾かれるように顔を上げて春日井くんを見る。ぼんやりと宙を眺めている彼の横顔に、視界がぐらりと揺れた。

その瞬間、わたしたち以外の誰の気配もない静けさが広がる。

「連休の直前、死んだんだよ、ばあちゃん。もうお通夜も葬式も終わった。遺骨は寺に預けてるから証拠はないけどな」

淡々とした物言いに、なんて返事をすればいいのかわからない。

ただ、もうこの家により江さんの姿を見ることができないんだと思うと、涙が溢れる。もう、わたしはより江さんと話をすることはもちろん、会うこともできないんだと思うと、胸が苦しくなる。

「なん、で、亡くなったの？」

「心不全とからしい。倒れてたのを近所のひとが見つけてくれて病院に運ばれて、何度か意識は戻ったけど、結局次の日に亡くなった」

春日井くんの口調からなんの悲しみも感じないのは、すでにお葬式まで終わっているからだろうか。

そっか、と口元を押さえて嗚咽《おえつ》を堪《こら》えながら返事をする。

ひとはいつか、必ず死ぬ。

そんなこと、誰だって知っている。

でも、やっぱり、より江さんがこんなにも突然いなくなるなんて、想像もしていなかった。

今日もここで、わたしを出迎えてくれると、そう思いこんでいた。そして、悶々《もんもん》としたわたしの気持ちを、いつものように豪快に笑って吹き飛ばしてくれると、そう思っていた。

——でももう、そんな日はこない。

より江さんの不在に、胸が締めつけられる。

「仲が良かったんだな、おれのばあちゃんと」

仲が良かった、とはちょっと違うかもしれない。わたしがこの家に来て、話を聞いてもらうだけだったから。

でも、仲が良かったと、そう思いたい。

すうっと息を吸い込むと、緑に包まれたような気がしてくる。

より江さんと過ごすのが好きだったのは、より江さんが丁寧に育てていたこの庭が好きだったのもある。心が穏やかになる。より江さんはいつだって、庭の草木に対して、やさしく接していた。

——『より江さんは、今死んでも、後悔しないですか?』

そう訊《たず》ねたのはいつだったか。出会ってそれほど時間が経っていないときだったかもしれない。

キンモクセイにじょうろで水を与えながら、より江さんは、

——『しないね』

と、間髪を容《い》れずに、はっきりと言った。

そんなより江さんに、わたしは憧《あこが》れた。

「より江さんはきっと、後悔なく、亡くなったんだろうね」

わたしも、そんなふうに死ねるだろうか。

ゆっくりと傾きだした太陽の光が、ちょうど緑の葉っぱに降り注いだ。

「後悔してたよ」

あまりの庭の美しさと儚《はかな》さに見とれていたから、春日井くんのそっけない返事に、反応するのが遅れた。

「え？　な、なんで？」

「病院から連絡もらって会いに行ったとき、母さん見るなり泣きだした。もう意識も朦朧《もうろう》としてたはずなのに、あんたたちを捨ててごめんなさい、って、自分勝手でごめんなさいって、泣いて謝ってたよ。死ぬまで、意識を取り戻すたびに、そうしてた」

誰のことを言っているのか、わからなくなる。

捨ててごめんなさいって、どういうこと。

はじめて聞く内容に、より江さんが後悔していたことも加わり、パニックになる。

「まさか、そんなわけ」

「なんで松坂がそう言い切れるんだよ」

「だって、より江さんが後悔なんてないって、言ってたから」

呆然とするわたしを見て、春日井くんが失笑する。

「おれ、何度か見かけたよ。この家で、松坂とばあちゃんが一緒にいるところ。なにを話してるのかは聞こえなかったけど、松坂はばあちゃんに羨望《せんぼう》の眼差しを送ってた」

そういえば、春日井くんはこの家にわたしが現れたことに、驚いた様子を見せなかった。わたしとより江さんが知り合いなことを、知っていたのか。

いつから？　ずっと前から？

「バカだなあって、思ってたよ」

「……な、なんで」

「おれにとってのばあちゃんは、現実から目を逸らしているひとだったから」

「なんで！」

思わず声を荒らげる。

何度も何度もより江さんと会話をしたわたしには、そんなふうには見えなかった。

「より江さんは、わたしに後悔しないようにって、毎日ちゃんと過ごせって、そう言ってくれたひとだよ。わたしが、自分になんの自信も持てなかったときに、そう言って、かっこいい姿を見せてくれた。そのおかげで――」

「そのおかげで、松坂はあんなふうにつまんなそうに過ごしてんの？」

いつも、春日井くんはわたしに言う。

つまらなそう、とか、つまらない、とか。

そう言われるたびに、わたしの顔が強《こわ》ばることに、気づいているはずなのに。

「なんで、そんなこと言うの。そんなに、わたしがきらいなの？　だからって、より江さんのことをそんなふうに言わないで」

奥歯をグッと嚙《か》んで、春日井くんを睨《にら》む。

より江さんがいなくなったことの悲しさの涙のはずが、今は悔しさの涙になっていることが自分でわかる。そんな涙は、流したくないのに。なんでそんな気持ちにさせられなくちゃいけないの。

「なんでおれが松坂をきらってるとか、そんな話になるんだよ」

眉間に皺を寄せて、不快そうに、不思議そうに首を傾げられる。そういうところだよ、と言い返したくなるけれど、声を発するとなにかが決壊しそうだったので呑み込んだ。

「べつにきらってない」

「うそ」

わたし以外に、そんなそっけない態度取らないじゃない。みんなには笑顔で話してるじゃない。つまらなそうとか、そんなこと絶対言わないじゃない。

「松坂がおれを、きらいなんだろ」

「……なんでそうなるの」

そんなわけがない。きらうわけがない。そんな理由はない。

「おれをじっと睨んでくるじゃん」

それは、気になって仕方がなかったからだ。どうしてわたしにだけそっけない瞬間があるんだろう、と。春日井くんの言うつまらなそうってどういう意味だろう、と。

まわりの子たちに見せる春日井くんと、わたしに見せる春日井くんの違いをたしかめ、理由を探るように、見つめていただけだ。

それがいつしか、無意識に引き寄せられるようになっただけだ。

口にしそうになって、やめる。この言い方は別の意味に誤解されそうだ。

「そうじゃなくて、より江さんの、話」

「ばあちゃんの後悔は、うそじゃないよ。夫と子どもを捨てて、別の男と駆け落ちみたいに出てったことを後悔するのはおかしいことじゃないだろ」

そんなの知らない。聞いたことがない。

「母さんが捜し出して再会してからもしばらく突っぱねたくらい意地っ張りだったし、最期までそのままかと思ってたから、母さんもおれも驚かなかったわけではないけど。まあ、死ぬ間際に謝られても母さんからしたら今さらだと思っただろうな」

今さら、という言葉が、ずしんと胸に落ちてくる。

春日井くんは片膝を立てて、ぼんやりとした表情で庭を見つめながら話を続ける。

「ばあちゃん、何度も謝ってた。ずーっと同じこと繰り返してた」

より江さんの姿が頭の中に描かれる。

病室で、涙を流し叫ぶように許しを請う姿だ。誰かに手を伸ばして、後悔に支配されたみたいな姿。

わたしの知っているより江さんとはまったく重ならない。なのに、なぜか鮮明に脳内に描かれる。

と、同時に、ぞっとした。

死ぬ前の後悔を想像すると、怖くて苦しくて、人生の終わり間近なのに終わりのない真っ暗闇の迷路に閉じ込められるみたいな、そんな恐怖が全身を駆け巡る。

「あんなふうに、死にたくねえなって思ったよ」

そんなにひどかったのだろうか。より江さんの最期を思い出しているのか、春日井くんが顔を顰める。

ずきりと頭が痛んだ。薬を飲まなくちゃ。伯父さんにもらった鎮痛剤を飲まなくちゃ。

「見せたい自分しかひとに見せないその意地はすげえと思うけど、孫のおれから見ても無理してるのは明らかだったし、死ぬ直前に結局後悔するなら、生きてるあいだにどうにかしたらよかったのにな」

より江さんの意地も無理も、わたしは一度も感じたことがない。

それは、他人だからなのだろうか。

「ちょっと、松坂と、似てるかもな。いや、松坂がばあちゃんを真似てるのか」

「……え?」

「ばあちゃんのことは忘れたら? ばあちゃんのせいで死ぬときに後悔まみれになんかなりたくねえだろ。松坂にばあちゃんのような過去がないとしても」

春日井くんは、すっくと立ち上がり、わたしの目の前に移動してきた。のそりと体を起こすように、視線だけを持ち上げると、彼が哀れみのこもった瞳《ひとみ》でわたしを見下ろしている。

呆然と見上げていると、彼がわたしに手を差し出した。無意識にその手を取る。春日井くんの手は、わたしの手よりも大きくて厚くて、硬い。ぎゅっと握られると頼もしさを感じた。

「だからもう、ここには来ないほうがいい」

ぐいと引き上げられて、腰が上がる。

その勢いで、春日井くんと至近距離で向かい合う体勢になった。

「っていうか、来るな」

わたしたちのあいだにある数センチの距離に、大きなシャッターがおりる。


どうやって、わたしは家まで帰ったのか。

自室のベッドに腰掛けた状態で、しばらくぼうっと過ごした。

わたし以外誰もいない家の中は、いつもよりもしんと静まっていて、時間が止まっているような感覚に陥る。

ぐるぐると、春日井くんと交わした言葉が頭の中を駆け巡っている。受け止めるべき事実が多すぎて、まともになにかを考えることができない。

ただわかるのは、より江さんにもう会えない、ということだ。

春日井くんの言っていたより江さんの最期が脳裏にちらちらと浮かぶ。より江さんに会いたい。会って、話をしたい。これまでどんな気持ちでわたしと過ごしてくれていたのか、わたしの背中を支えるようなことを言ってくれたのか。そして、死ぬ前になにを思っていたのか。

でも、もうより江さんはいない。

より江さんは、亡くなったから。

そしてわたしも、三年から五年のうちに、同じ状況になるんだ。

〝脳風船病〟

休み前、伯父さんが呟いた病名だ。

正式名称は〝後天性悪性脳浮腫肥大型欠損症〟というらしい。

伯父さんが副院長として働いている脳神経内科のクリニックには、以前から月に一回のペースで行っていた。診察ではなく、親戚《しんせき》として、母方の祖父母が育てている野菜を受け取るためだ。

小学校高学年の頃から、忙しい家族のかわりにわたしが伯父さんに会っている。独身の伯父さんはわたしにとてもよくしてくれた。会うのは必ず午後休診の木曜日で、一緒にお茶をしたり、ときには外食にも連れて行ってくれる。

先週もそのはずだった。けれど、その日はあまりに頭が痛くて、それを見かねた伯父さんが急遽《きゅうきょ》検査をしてくれた。以前からわたしの偏頭痛の頻度を気にしていたのもあるのだろう。

その結果わかったのが、やたらと長い病名の、極めて珍しい、脳に溜《た》まった不純物が風船のように膨らみ脳を圧迫し頭痛を引き起こす病気だった。

もともと、頭に髄液が溜まる、という似た病気は存在する。けれど、この病気は〝不純物〟だ。そう呼んでいるものの、実際にはなにか不明らしい。

原因は解明されていないが、〝ストレス〟が関係しているのは間違いないそうだ。先天性、もしくは後天性でも初期であれば、薬と手術、そしてストレスの原因を取り除くことが、回復、現状維持などの治療法として有効らしい。

ただし——中期に入ると治療法は存在しない。

発症して二年になると慢性化してしまい、薬や手術で一時的にマシにすることはできるが完治はしない。そのうえ、反動で頭痛の頻度が増えて、どんどん症状が重くなる傾向にあるのだという。

いずれ、歩くことも立ち上がることもできなくなり、ベッドに寝たきりになり、痛みを和《やわ》らげるための鎮痛剤によりほぼ朦朧とした状態になるそうだ。

「そしてほとんどが、三年から五年のうちに、死ぬ、か」

その日、帰宅してから部屋にこもりスマホで調べた。珍しい病気のため、情報は少なかったけれど、いくつか見つけて読み込んだ。そのどれも、同じ内容しか書かれていなかった。

伯父さんからははっきりと今がどの段階なのかは教えられていない。

でも、伯父さんの神妙な表情がすべてを物語っていた。

おまけに、伯父さんがうっかり「三年から、五年で……」と小さな声をもらしたのを、わたしは聞き逃さなかった。

ＭＲＩの最中は、痛みととんとん拍子に進む検査と、やたら深刻そうな伯父さんの表情とで、なにがなんだかわからないままだった。気がつけば二時間ほどが経っていて、最終的に聞かされたのがうっかり告げられた余命。

ああ死ぬのか、とあのときはぼんやり受け止めた。

それは次第に現実味を帯びて、わたしを恐怖に引き込みはじめた。

休みがなければ、どうなっていたかわからないくらい、ベッドの中でスマホを眺めて過ごした。調べれば調べるほど、自分が死ぬんだと理解する。理解すればするほど、涙が止まらなくなる。これは夢だと何度も目を瞑《つむ》った。伯父さんは誤診をしているかもしれないとも思った。

死ぬのが怖いとかいやだとか、そういう感情に至ることもできないほど動揺して、ろくにご飯も食べることができなかった。

自暴自棄になることはなかった。

ただ、呆然と過ごしていた。

病気については、まだ、家族の誰も知らない。

伯父さんはお母さんに連絡を入れて話があるから来てほしいと言ったらしいが、仕事が忙しいからと断られたそうだ。電話で伝えることに抵抗があった伯父さんは、なんとか明日、お母さんと会う時間を作ったとわたしに教えてくれた。

明日のことを考えると、憂鬱《ゆううつ》になる。

お母さんに迷惑をかける。お兄ちゃんやお姉ちゃん、単身赴任のお父さんはどんな反応をするのだろう。

面倒なことになった、と顔を顰められるのではないかと思うと、怖くて仕方がない。

自分の余命よりも、今はそのことのほうが怖いなんて。

「……死ぬの、か」

手のひらを、眺める。

頭は痛いが、それだけだ。今のところ、伯父さんが言っていたような手の痺《しび》れなどの症状はない。そこまで行くともう結構やばいらしいけれども。取り急ぎもらった薬のおかげで、痛みが幾分かマシになったのもあるだろう。

三年後、ないしは五年後、わたしはこれまでの日々になんの後悔もなく、充実感に満たされて、死ぬ瞬間を迎えることが、できるんだろうか。

より江さんと出会ってから、忘れちゃいけないことをリストにして、毎朝それを確認した。勉強をした。お弁当を作った。将来の夢を決めてそれを叶えようとしてきた。友だちと楽しい時間を過ごせるように努力もした、つもりだ。

――『あんたは、死ぬときに、ああしておけばよかった、こうしておけばよかった、なんて後悔ばかりになりそうだね』

そう言われたから。

――『祈里は、中学生だろ。まだまだ先があると思ってるんだろうけど、だったらなおさら、今からいろんなもんを自分で摑んでいかないと、あっという間に死ぬよ。後悔しないように生きるってのは、簡単なことじゃないんだから』

より江さんのように、かっこよく生きたかったから。

ひとはいつか死ぬ。でもわたしはそれが、五十年とか六十年先だと思っていた。事故や災害、病気などで一年後や一ヶ月後、明日にだってひとはいなくなる。そんなことわかっていたし、そう考えてもいた。

でも。

ゆらりと上半身をうしろに倒して、ベッドに横たわった。

ちょうどそのとき、スマホが小さくひとつ震える。手にすると鶴ちゃんもいる三人のトークルームに羽衣華からの『今度この店一緒に行かない？』というメッセージとお店のＵＲＬが表示される。リンク先に飛んで、店のＨＰを見る。羽衣華が好きそうな、フルーツいっぱいのパフェが出てきた。

鶴ちゃんから『めっちゃキラキラしてんじゃん』と返信が届き、わたしは『豪華だね』とそのあとに続く。メッセージのおかげで、悶々とした気持ちが少しラクになる。

どのメニューが食べたいか、いつなら行けるか、ほかにも気になる店がある、などと話が進んでいく。

その様子を眺め、適度に返事をしつつ過ごす。しばらくするとメッセージが途絶えて、ふたりとも晩ご飯の時間かな、と時刻を確認する。そういえばそろそろお母さんが帰ってくる時間だ。いつもはお米の準備をしているのにすっかり忘れていたことを思い出して慌てて体を起こした。

手にしていたスマホが再び震える。話の続きかと画面を見ると、

『ホント祈里って要領悪いよね』『鶴ちゃんも内心思ってたんだ』

とホーム画面に続けざまに羽衣華から届いたばかりのメッセージが表示された。

え、とすぐにトークルームを開く。

なにか間違った返事をしてしまっただろうか。ぼんやりしていて、変なことを送ってしまったのかも。心臓が早鐘を打ち、緊張と恐怖でパニック状態になる、が、三人のトークルームには『ういかがメッセージの送信を取り消しました』と出ていた。そしてすぐに『ごめん、間違えたー』『来週ならいつでも行けそう』『ふたりはいつ空いてる?』とポンポンポンッとメッセージが届く。

まるで、慌てて誤魔化そうとしているみたいに。

さっきのは、なんだったんだろう。見間違いだったのだろうか。

いや、そんなはずはない。

あの内容から察するに、羽衣華と鶴ちゃんは、ふたりだけでメッセージのやり取りをしていた、ということだろう。そこで、わたしの話をしていたのだと、思う。

わたしについての不満の、話を。
――『一緒に遊ぶのやだな』
――『いつもつまらなそうな顔してるよね』
――『前に誘ったら、今は本読みたいからってバカにされた』
――『なに考えてるかわかんない』
中学のときのことが蘇る。
誰に話しかけてもそっけなくされたり無視されたりした、あのときのさびしさと苦しさが。
昔のわたしは、いろんなことに気づかずにいた。他人からどう見られるのかなんて、考えたこともなかったし、誰か――お兄ちゃんやお姉ちゃん――と自分を今ほど比較することもなかった。
現実に気づきはじめたのは、小学六年の頃からだ。なんとなく、両親にがっかりされているように感じはじめた。それを明確に理解したのは、中学生になってからだ。
お兄ちゃんのように優秀じゃないからだめなんだと、勉強に力を入れた。とくに得意だった英語はより頑張った。結局英語以外はそれほどいい点数を取れず、お兄ちゃんに「満遍なくやらないと」と呆れられたのを覚えている。
せめてお母さんの迷惑にならないように家事を手伝おうとしたけれど、友だちと遊ぶ時間が減って、しまいには友だちに無視されることにもなった。それは手伝いのせいではなく、わたしの普段の振る舞いのせいなのも、わかっていた。

家にいる時間が増えたら、お母さんに友だちがいないのかと心配をさせてしまった。そのとき家では、お姉ちゃんがたくさんの友だちを招いて遊んでいた。

テストの点数を見せたときの両親の顔。

勉強もせずに遊んでいるわたしを見るお兄ちゃんの顔。

わたしがまわりを気にせずひとりで過ごしていたときのお姉ちゃんの顔。

思ったことを口にしたときの友だちの顔。

感情が表に出にくいわたしを見る、クラスメイトの顔。

これまでのみんなの表情に、そのときやっと、わたしは気づいた。

でもどうすればいいのかわからなかった。自分はなにもできないのかと落ち込み、うじうじして、常に卑屈な思考をしていた。

誰もわたしを認めてくれない。

わたしはだれにも必要とされていない。

だからって投げ出すこともできず、溺《おぼ》れながら必死に泳いでいた。

そんなときに、より江さんに出会えた。

あれから随分と前向きに考えられるようになった。そう思っていた。

でも、より江さんは後悔を抱えたまま最期を迎え、わたしは余命宣告をされ、そして仲がいいと思っていた友だちの本音を知った。

「……踏んだり蹴《け》ったり」

ははは、と乾いた笑いがもれる。

しょうもないなとスマホを手放し、歯を食いしばった。


「祈里、帰ってるの？」

一階からお母さんの声が聞こえてきて、はっとする。

階段を降りると、お母さんが和室で着替えていた。

「おかえり、ごめんちょっと休んでた」

「制服のままで寝てたの？　シワになったらなかなか取れないのに。休むならちゃんと着替えてゆっくりしないと、治るものも治らないわよ」

お母さんは怒っているわけではない。心配してくれている。その証拠に熱はないの？　と言ってわたしの顔を覗き込んできた。

「大丈夫、ちょっと、疲れがたまってただけ」

「ちゃんと息抜きもしないと。根詰めて体調崩したら元も子もないんだから。もっとお兄ちゃんやお姉ちゃんみたいに要領よくメリハリつけていかないと」

そう言って、お母さんはわたしを残して和室を出ていった。

要領、という言葉が胸にぐさりと刺さる。胸が苦しくなって、一旦《いったん》落ち着いていた頭痛がぶり返す。どくんどくんと痛みが脈打つ。そのたびに顔が引き攣る。

「ただいま」

お兄ちゃんが帰ってきて、和室で突っ立っているわたしに「なにしてんだ」と声をかけてきた。

「おかえり海里、すぐご飯の用意するから。あ、お米、準備してなかったのね、祈里」

「祈里、帰ってからなにしてたんだよ。まだ制服だし。母さんの手伝いもしないで……。仕方ないなあ、俺がなんか作ろうか？　パスタしかできないけど」

「ほんとに？　助かるわ、海里」

「菜里のご飯はどうする？　帰ってきたら訊けばいいか」

「ほら祈里、お兄ちゃんも疲れて帰ってきてるんだから、ぼさっとしてないで」

お兄ちゃんとお母さんの会話をぼんやりと聞く。

わたしがお米の準備をしていなかったのは悪いかもしれない。でも、わたしがしなくちゃいけないことなんだろうか。毎日毎日やっていたことを、やらない日があっただけなのに、なんでこんな気持ちにならなきゃいけないんだろう。

わたしが体調悪かったことを知っているはずなのに、今この瞬間、誰もわたしのことを気にしていない。
□家族の手伝いをする
これまでしてきた手伝いは、なんのためだったんだろう。

お母さんになるべく迷惑をかけないように、自分のことはもちろん、家事も積極的にやってきた。

でもお姉ちゃんもお兄ちゃんも、今でこそ多少手伝いをするけれど、高校時代は塾や遊びで帰宅はいつも遅かった。ふたりのためにお母さんは毎日晩ご飯を作っていた。

□まわりをよく見て動く

□たくさんの経験をして視野を広げる

お兄ちゃんにそう言われたから、わたしは意識してきた。

でも遊びすぎると勉強をしろと言われる。勉強をしてたらお母さんを手伝うように言われる。そして手伝っていたら真面目だとかそこまでしなくてもいいと言われる。

□なにごとにも先入観を持たず食わずぎらいはしないようにする

□いつも笑顔を忘れない

□友だちを作る

お姉ちゃんのようになりたくて、リストに加えた。

でも、なにをしてもお姉ちゃんには敵《かな》わない。大好きなものを身につけていたら笑われたこともある。見かけを気にしていたら誰も気にしないと言われたりもした。お姉ちゃんは自分が遊ぶために、部屋の片付けをわたしに任せて出ていくこともあった。

ダイニングテーブルに、からっぽの花瓶が置かれている。今ここにいる家族は、数日テーブルを飾っていた花のことなんて、すっかり忘れているに違いない。

わたしが死んだら、家族は当然、悲しむだろう。

そして、すぐに日常に戻るんだろうな、と思う。

――『あんたの生活、つまんなそうだなあ』

わたしのリストを見た春日井くんが言った。

――『死ぬときに後悔まみれになんかなりたくねえだろ』

より江さんの死に目に会った彼が、わたしに言った。

今この瞬間、命が尽きると言われたら、わたしは――後悔しかない。

このまま同じように生き続けていたら、三年後か五年後かに死ぬとき、わたしは必ず後悔するだろう。

もっと、好きにすればよかった、と。

もっと自分のことを考えればよかった、と。

わたしがそんな後悔を抱いていても、残った家族はなにも知らないまま、知ったところでなにもできないまま、生きていく。


会話を続ける家族に背を向けて、階段をあがる。

部屋に入ると、スマホの画面が光っているのに気づいた。羽衣華たちのメッセージが届いたのだろう。けれど確認せずにカバンからスケジュール帳を取り出す。

毎朝確認していた〝忘れちゃいけないことリスト〟のページを開き、そして、破り取った。ちいさな紙くずにして、部屋のゴミ箱に入れる。それだけでは足りない気がして、スケジュール帳も放り込んだ。

「ばかばかしい……！」

これまでのすべてに、うんざりする。

惨めで悔しくて、ムカついてくる。

無意味どころか無駄でしかなかった。

このまま死んでたまるか。

考えよう。

死ぬまでに、自分のためのことを。自分のためだけに。

いつかくるわたしの死に、自分で涙を流すことのないように。

泣いて苦しんだところでなんにもならない。ただただわたしだけが損するだけじゃないか。

――わたしの人生なのに。


カア、と外でカラスが鳴いた。

泣いた、のかもしれない。数日前に亡くなったカラスを偲《しの》んでいるのかもしれない。

不思議なことに、余命数年のわたしへの声援にも聞こえた。

Ⅱ　死ぬまでに、捨てたい

暇って、なかなかの拷問だ。

「……まだ昼にもなってないのに」

名前も知らない公園のベンチで、独りごつ。家を出て、かれこれ三時間。なにをしていいのかわからず、ずーっとぼーっと過ごしている。

勢いで学校をサボるなんて、するべきではなかったのかもしれない。せめてなにかしら計画を立てるべきだった。とはいえ、行きたい場所もしたいことも浮かばない。

学校をサボるひとはみんなになにをしているのだろう。ネットで〝学校をサボる〟〝なにをする〟とかで検索したらいい案が出てくるのでは、とポケットからスマホを取り出した。

「うわ」

ホーム画面に表示された通知を見て、思わず顔を顰《しか》める。

学校をサボったことで家に連絡がいったらしく、お母さんやお姉ちゃん、鶴ちゃんや羽衣華から朝からひっきりなしに連絡が届いた。それが煩わしくて通知を切っていたことを忘れていた。

メッセージが数十件に、電話が数件。

今日は、夕方にお母さんが伯父《おじ》さんに会う予定になっている。そうすればより一層電話がかかってくるはずだ。たぶん。

そうなると面倒臭いな、と思うのに、そうならない可能性もあるんだと考えると胸の中に冷たい風が通りすぎる。

「考えるのはやめよ」

まわりに誰もいないからか、ついつい声に出してしまう。

通知の中身を確認しないままスマホの電源を落として再びポケットに入れた。そして、目の前の景色を眺める。

今わたしがいるのは、遊具もなにもない小さな公園だ。子どもの姿もお年寄りの姿もない。車のエンジン音や誰かの声がどこかから聞こえてくるのに、世界にわたしだけのような、そんな感覚に陥る。

生まれてはじめて、学校をサボった。

朝、寝坊したわけではない。

昨日はいつものようにわたしが話をしてもしなくてもなんの影響もない夕食の時間を家族と過ごし、さっさとお風呂《ふろ》を沸かして浸《つ》かり、部屋に閉じこもって寝た。普段は二時頃まで勉強をしているのに、昨日は十二時前には夢の中だった。

就寝時間がはやかったため、普段よりも一時間ほどはやく目が覚めた。起き上がると相変わらず頭痛を感じたが、すっきりしていることに、自分でも驚いた。

部屋のゴミ箱には、昨日捨てたスケジュール帳と紙くずがあった。

一晩経って、そのことを後悔した、なんてことはない。衝動的だったなとは思うけれど、これまでの頑張りが馬鹿馬鹿しいと、やってられるかと、そう思う気持ちはかわらないから。だからこそ、今日は自分のぶんしか朝ごはんを作らなかったし、お弁当も準備はしていない。そして、お兄ちゃんが起きてくる前にさっさと家を出た。お母さんはいつもどおり忙しそうで、「いってきます」「いってらっしゃい」の会話しかしていない。

その時点ではまだ、学校をサボろう、という考えはなかった。そんなこと、思いつきもしなかった。

電車に乗っているとき、羽衣華からメッセージが届かなければ、きっとわたしは今頃教室にいただろう。

『祈里、昨日寝落ちしたー？　起きてるー？』

なにごともなかったかのような内容だった。

昨日のメッセージは、わたしが既読をつける前に取り消された。だから、羽衣華はわたしにあの内容は知られていないと思っているはずだ。そのわりにやたらとテンションが高めの内容が昨晩から続いているのは、心のどこかで、もしや、と不安を抱いているからかもしれない。

実際、わたしはトーク画面を開く前にポップアップ通知で見たわけだし。

一瞬返事をしなくては、と思ったけれど、指先がまったく動かなかった。同時に、学校で顔を合わせたとき、わたしは羽衣華と鶴ちゃんに、どういう振る舞いをすればいいんだろう、という疑問が浮かぶ。

なにも言わないほうがいいだろう。かといって、昨日までのように接する自信がない。ならばあのメッセージを見たよ、と正直に言えばいいのか。でも、言ったところでどうしたいのか。どう考えても微妙な空気になる。謝られて、いいよーとすぐになかったことにできる気もしない。

わたしは、見てしまった。

羽衣華の気持ちを、知ってしまった。

鶴ちゃんはなんて返事をしただろう。

わたしのいないトークルームで、ふたりはいつもわたしの話をしていたんだろうか。

電車のドアが開いた。思わずふらりと足を出して、ホームに降りた。その瞬間、体が羽になったみたいに軽くなった。

もういいか。学校に行かなくっても、いいか。

どうせわたしは死ぬんだし。高校卒業したら残りは最長で三年。大学は卒業できない。なら勉強する必要もない。

わたし、なんで頑張ってたんだっけ。

自信を持つためだった。交換留学生に選ばれるためだった。将来、英語に関わる仕事——現時点では翻訳の仕事がしたかったから、ネイティブの英語を学ぶためだった。英語が好きだから、単純に海外に興味があったのもある。

知っているひとが誰もいない場所。誰もわたしを知らない場所。言葉すらも不自由な場所。そこで、ひとりで過ごすこと。

その経験がわたしのこれからになにかしら大きな影響を与えてくれるはずだ、世界を広げてくれるはずだ、と思っていた。

でもそれも、五年で死ぬならなんの意味もない。

「こういうのが、自暴自棄ってやつかな」

自嘲《じちょう》気味に笑って、空を仰ぐ。

一瞬学校に通う意味があるんだろうかという疑問も浮かんだけれど、それはまだ、決めなくてもいいだろう。辞めたところで暇になるだけなのは、今日サボっただけで痛いほどわかった。

とりあえず、もしまた学校をサボるときは、準備をしたほうがいいな。

制服姿では歩き回ることができないので、私服が必要だ。それに、行きたいところややりたいことを、もう少し考えなくては。

これからの、生き方を。

「残された時間を、有効活用しないと」

と口にして、毎日眺めていたリストが脳裏に浮かんだ。
□時間を有効活用する
破り捨てたのに記憶に刻まれてしまっているらしい。チェック項目と同じようなことを考えている自分にうんざりした。忌々しい。

よく考えたら、このさき〝しなきゃいけないこと〟はなにもない。すべての時間を自分のために使えるのだ。ならば。


~~□時間を有効活用する~~　□時間に囚《とら》われない

過去の項目に脳内で取消線を引き、かわりに真逆の内容に書き換えた。

うん、こっちのほうがいい。気分もいい。

これまでのルールを捨てて、新しい思考で動こう。

どうにかして、後悔はないと言い切れる最期にするために。

最期、という言葉が胸を締めつける。いつまでも感傷に浸るなと自分を叱咤《しった》するためにぎゅっと両手を握りしめる。

バサバサ、となにかが羽ばたく音が頭上から聞こえてきて顔を上げた。鳩かカラスか、もっと別の鳥か、空を飛んでいく。自由に空を翔《か》けている。

そんな鳥も、不慮の事故でいつか息絶える。

車に轢《ひ》かれて死んだカラスの死骸《しがい》が脳裏に蘇《よみがえ》った。

あんなふうに、誰しもが突然亡くなる可能性がある。

わたしのように病気を抱えていなくとも。そして、遅かれ早かれ死ぬわたしでさえ、明日死ぬかもしれない。

「どうしたら、いいんだろう」

空に吸い込まれるように小さくなっていく鳥の姿を見つめながら呟《つぶや》いた。

口をついて出た疑問は、なにに対してのものなのか自分でもよくわからない。


お昼になってコンビニでご飯を買って食べてから、なにをするわけでもないわたしは結局、より江さんの家に向かうことにした。より江さんはいないし、中に入れるかどうかもわからない。けれどそれしか思いつかなかった。

少しでも時間を稼ぐために電車には乗らず、スマホで地図を見ながらただただ歩いた。なかなかの距離があるうえに今日は夏の暑さが戻ってきていて、汗が噴き出てくる。水分補給のためにコンビニで買った飲料水は、今手元にあるので五本目だ。

夏は昔から苦手だ。

さっさと終わればいい。

すでに九月なのでこのさきはどんどん寒くなっていくのだが、一日でもはやく夏が過ぎてほしい。

以前、より江さんにもそんなことを話したことがある。

夏休みも、週に数回、図書館に勉強しに行くついでにより江さんに会いに行った。そのときのわたしはいつも汗だくで、毎回顔を合わすたびに「夏なんかいらないのに」とぼやいたっけ。

――『きらいなことを口にするより、好きなことを口にしなさいよ、鬱陶《うっとう》しい』

その度に、より江さんは顔を顰めた。

言いたいことを言うひとだった。

オブラートに包むことをせず、おまけに表情もそれほど豊かではなかったし、目つきも正直悪い。服装はかなり若作りで、端的に言えば、ややこしいとっつきづらそうなおばあさんだった。気が強そうで、実際気が強い。

あのより江さんが、泣く姿なんて、やっぱり想像できないな。

より江さんは、どんな心境だったのだろう。死ぬときも、それ以前も。

今のわたしを見たら、病気のことを伝えたら、なんて言っただろう。

時間を確認するとすでに三時前になっていた。どうやらわたしは二時間半ほど歩き続けていたらしい。無心だったので見慣れた景色の中に辿《たど》り着くまで気づかなかった。

「……っ、いた」

昼に飲んだ薬の効果が切れてきたのか、再び頭が痛くなってきた。暑さのせいもあるかもしれない。歩くたびにぎゅっぎゅと脳と頭蓋骨《ずがいこつ》のあいだに空気を注入されているみたいな圧迫感に襲われる。

ここ数日、昼間は調子がよかったのに。

はやく薬を飲まなくては。

必死に足を動かし、目的地を目指す。

霞《かす》んだ視界のさきにやっとより江さんの家が見えてきてほっとした。

でも、もうここに、より江さんはいない。呼びかけたら、庭にまわったら、より江さんがタバコをくわえながら水を撒《ま》いていないだろうか。

そんなことあるはずがない。

わかっていても、縋《すが》りつきたくて仕方がなかった。

「より江さん」

また来たのか、とより江さんが返事をする。

「より江さん」

何度も呼ばなくていいよ、聞こえてるよ、と呆《あき》れた声がする。

わたしの、頭の中でだけ。

不法侵入になるのかもしれない、と思いながら中へ進んで、より江さんを探す。庭にも、縁側にも、誰の姿もない。取り残されたさびしい家と庭が、そこにあった。

いるべきはずのより江さんの不在に、胸が苦しくなってくる。本当に、より江さんはこの世界から消えてしまったんだ、と現実に押しつぶされそうになる。

「松坂?」

呼ばれた名前に、弾《はじ》かれたように顔を上げた。

縁側の奥の部屋から、こちらを見ている春日井くんの姿に、「え」と思わず一歩下がる。

「な、なんで?」

時間はまだ三時になっていない。学校が終わってすぐに電車に飛び乗ったとしても、今ここに彼がいるはずがない。

目を瞬《しばたた》かせていると、春日井くんは「早退した」と言って縁側に腰を下ろしあぐらをかいた。

「松坂、今日学校休んだだろ。もしかして、ここに来るんじゃないかと思って」

毎朝通学路で顔を合わせていたせいで、わたしが学校を休んだことに気づいたようだ。そして、昨日の会話からなにかしらを感じて、彼は学校を早退して、この家でわたしを待っていた、らしい。

「もうばあちゃんいねえのに、わざわざまたこの家に来るなんて、変なやつだよな」

呆然《ぼうぜん》としていると、肩をすくめた春日井くんが「座れば?」と顎《あご》で呼んだ。バカにされているようで悔しいが、せっかくだし頭も痛いので休憩するつもりで縁側に腰を下ろす。昨日と同じだけの距離をあけて。

「春日井くんは、なんで、わざわざ……」

「なんとなく。松坂がここでひとりで泣くんじゃないかと、思ったから」

だからって。

まるで、わたしのそばにいるためにここに来たみたいな言い方だ。そんなふうに考えて、顔が赤くなる。なに自意識過剰なことを。きっと別の理由があるはずだ。

「た、体調不良で休んでるだけだったら、どうしてたの」

「べつに。それはそれで、学校サボれたし」

待ちぼうけになっていたかもしれないのに、それはどっちでもいいらしい。

「にしても、相変わらず顔色悪いな。松坂は家で休んでたほうがよかったんじゃないか」

春日井くんは、わたしの顔色のことをいつも口にする。春日井くんだけが、わたしの顔色に気づく。心配してくれているんだろう。やっぱり、春日井くんはやさしいひとだ。わたしに笑顔を見せてくれなくとも、気にかけてくれる。

「死んでもこうして会いに来てくれる松坂と出会えたことは、ばあちゃんにとっては幸せなことだよな。なんでそんなにばあちゃんを慕ってんのかはおれにはわかんねえけど」

「春日井くんは、より江さんがきらいなの？」

「きらいになるほど関わりはなかったな」

そう言って、春日井くんはより江さんとの関係を教えてくれた。

より江さんと母親の関係については、小学校高学年の頃に教えてもらっていたらしい。その話を聞いたときは祖母のことをだいきらいだと思ったそうだが、中学生になってはじめて会ったとき、不思議なほど負の感情を抱かなかったのだとか。

「おれを見て、一瞬泣きそうな顔をしたのに気づいたからかもな。母さんがすでにばあちゃんに対して怒ってなかったってのもあると思う。おれが会うよりも前から何度か顔を合わせてたから、まあいろいろ折り合いをつけたんだろうな」

「そうだったんだ」

春日井くんも、母親とより江さんの関係はよくわからないようだ。

でも、おそらく、それほど仲が悪いわけではなかったんだろう。

「よく知らない遠縁のばあちゃんって感じかな。はじめはばあちゃんの存在が新鮮で何度かここに来てたし、それなりに相手はしてもらえたけど。ばあちゃんはやさしい孫を溺愛《できあい》するタイプじゃないしな。それがラクでもあったけど、甘えたり頼ったりってこともなかった」

そこまで話して、春日井くんは持っていたお茶のペットボトルに口をつけた。喉《のど》を潤してからふうっと息をつき、

「後ろめたく思ってたんだろうな」

春日井くんは、ぼんやりとした表情で話を続けた。

「幼いながらに、なんかばあちゃんは大変そうだなって、思ってた。同情かな。過去に自分がしたことをまったく気にしていないみたいに母さんに接してたけど、おれにはそれが強がっているように見えた。現実から目を逸《そ》らしてるかわいそうなひとって感じ」

昨日の春日井くんの発言から、春日井くんはより江さんをどこか蔑《さげす》んでいるような印象を受けたけれど、それはわたしの勘違いだった。

春日井くんは、より江さんに憐憫《れんびん》を抱いていたのか。

わたしには微塵《みじん》もない感情だ。そんなふうに感じたことは一度もない。

それはわたしが、より江さんの過去を知らないから、かもしれない。

「ばあちゃんはおれがそんなふうに見てるのに気づいてたから、おれには松坂のように接してくれなかったんだと思う。だからきらいじゃないけど仲がいいわけでもない」

「……わたしのように？」

「うん。松坂には、偉そうにしゃべってただろ、ばあちゃん」

偉そう、という言い方にちょっと笑ってしまう。強がっていた、ではなく、偉そう、のほうがいいなと思う。でも、

「わたしは、かっこいいなと、思ってた」

「まじか」

わたしが呟くように言うと、春日井くんは、く、と喉を鳴らして笑った。

自然な、笑みだ。

わたしの笑みとは全然違う。

これまでわたしはずっと、笑顔でひとと接するように意識していた。お姉ちゃんのようにひとに好かれるには、そうしなければいけないと思っていたから。でも、こうして春日井くんがわたしに微笑んでくれてはじめて、わたしの笑顔はきっと歪《いびつ》だったんだろうと思う。

「でも、騙《だま》されたとは思わねえの？」

「え？」

「ばあちゃんを信頼して、毎日真面目に生きてきたのに。ばあちゃんが後悔して泣いてたって知って幻滅してないのか？」

自分でも目を逸らしていた感情を暴かれたような衝撃に、体が震える。

「あの、びっちり詰まったリストも、ばあちゃんの影響だろ？　あんなの作ってまでばあち

ゃんの偉そうな助言を頼りに過ごしてきたのに、当の本人は後悔してたんだから、普通、馬鹿馬鹿しいってならない？」

昨晩ゴミ箱に捨てたスケジュール帳が脳裏に蘇る。

「だから、松坂は今日、学校をサボったんじゃねえの？　これまでの松坂ならそんなこと絶対しないのにさ」

春日井くんの言葉はすべて、図星だ。

より江さんに、なんでどうしてと、何度も訊《き》きたくなる。わたしと過ごしたあの日々の中で、わたしに語ってくれたすべてがうそだったのか、と。

でも、そう思うと同時に、うそのはずがない、とも思う。

騙されたとか裏切られたとか、一方的に、もうより江さんに確かめる術《すべ》もないこの状況で勝手に決めつけるのは、あまりに、身勝手だと思う。

たとえすべてがうそであっても、より江さんと出会えたことであの頃のわたしは救われた。でもそれを、春日井くんに説明することは難しい。サボった理由はそれに加えて病気のことも関係しているので、言いたくない。

だから、

「それはそれ、これはこれ」

と曖昧《あいまい》に、けれどきっぱりと言った。

怪訝《けげん》な顔をする春日井くんから目を逸らし、この話を終わらせる。

目の前には、いつもの庭が広がっている。でも心なしかいつもよりも色がさびしげに感じられた。より江さんがいなくなって、水を与えてもらっていないからかもしれない。

そのうち、ここにあるすべての植物が、枯れてしまうのかな。そしたら、お母さんがダイニングテーブルの花瓶の花を躊躇《ちゅうちょ》なくゴミ箱に捨てたように、ここも更地になってしまうのかもしれない。

「これからこの家、どうなるの？」

「どうって？」

「誰もいない家になるんでしょう？　庭の草木とか、家そのものも、なくなるの？」

庭を見つめたまま春日井くんに訊《たず》ねると、彼は「どうだろう」と言っただけだった。その返事で、すぐになくなるわけではないのだとほっとする。いつまでもこのまま、ではないにしても、しばらくは。

腰を上げて、庭に踏み出そうとすると、ぐんっと頭の中で風船が膨らんだみたいに痛みが頭上から全身に走る。思わずバランスを崩して縁側に手をついた。

「どうした、松坂」

「いや、ちょっと、頭痛で」

呼吸をゆっくりと繰り返す。吸って吐いて、吸って、吐いて。

どのくらいそうしていたのか、少しマシになって目を開けられるようになった。春日井くんの驚きと心配の眼差《まなざ》しに、力無く頷《うなず》いて大丈夫だと伝える。

カバンに手を伸ばして、薬を取る。まだペットボトルに水が残っていたのでそれで流し込んだ。

「大丈夫なのか？」

「薬飲んだから、大丈夫」

「松坂、結構頻繁に頭痛になってないか？」

「ただの偏頭痛だよ。寝不足とか、気圧とか、そういうので」

「いつもちょっと、眉間《みけん》に皺《しわ》を寄せてるのも、頭痛のせいなんじゃ……」

春日井くんが、わたしの飲んだ薬のシートを手にした。まじまじと見つめて「薬飲むほど痛いなら休めばいいのに」と険しい顔で独りごつ。わたしに言っているのだろうけれど、彼の目は空になった錠剤のシートに向けられたままだ。

「これ、キツい薬じゃね？　母さんも一時期偏頭痛ひどくて病院でもらってた」

「医者の伯父さんがいるから」

「犯罪じゃねえのそれ」

「そんなわけないでしょ」

無断で持ち出したとでも思ったのだろうか。ふっと笑う。力が抜けたのかちょっと痛みが和《やわ》らいだ。

「ちゃんと、診察受けて処方箋《しょほうせん》出してもらってるやつだよ」

信用していないのか、彼の目はいまだに険しい。

「松坂見てると、なんか、すげえ、ボロカスに言いたくなる」

「……ひどくない？　それ」

やっぱり、わたしのことがきらいだったのか。

そうだとは思っていたけれど、はっきり言われると胸が痛む。

春日井くんが誰かをボロカスに言うところは想像できない。けれど、目の前にいる彼は、わたしに向けてボロカスに言いたいのをグッと堪《こら》えているのだとわかる。

唇に歯を立てて「ひどいね」と同じ言葉を消え入りそうな声で呟いた。

「でも傷つけたいわけじゃない」

「意味わかんない」

「傷つけたら、松坂はおれを今以上にきらうだろ」

「春日井くんがわたしをきらいなだけでしょ」

この言葉には返事がなかった。

バツが悪そうに彼が目を逸らす。うそをつくならうそだとバレないようにしてほしい。そうでないなら、はっきりときらいだと言われたほうがずっとマシだ。

「わたしのことをきらいでもなんでもいいよ。ただ――」

「松坂は、ばあちゃんのことを忘れたほうがいいと思う」

「……え？」

またここに来てもいいか、と訊こうとしたのを察したかのように、春日井くんが言葉を被《かぶ》せる。

「何度も言うように、松坂がばあちゃんをどう思っていようと、実際のばあちゃんは違う。松坂が見ていたばあちゃんは、過去の自分から目を逸らして偉そうにしていただけの、おれにとってはかわいそうなばあちゃんだよ」

昨日のように、冷たい言い方ではない。淡々と、わたしを諭すような口調だ。

だからこそ、わたしが慕ったより江さんを真っ黒に塗りつぶそうとする残酷な行為に思える。

「ばあちゃんに言われたことも忘れて、もうちょっと肩の力を抜いて過ごしたら？　あんなつまんなそうなリストも捨ててさ。そのほうがいいよ」

「なんでそんなこと、言うの」

「いつまでもここに、ばあちゃんに縋りつくなら、母さんに言ってすぐに処分してもらうかも。そしたら松坂はもう来れないだろ」

なんでそこまでするの。

なにがだめなの。

わたしにとってなにがいいとか悪いとか、勝手に決められるのも、悔しい。それ以上に、この家を処分するという言葉に衝撃を受ける。

より江さんが毎日毎日、丁寧に世話をして美しくしてきた庭なのに。

より江さんが亡くなってまだ一週間も経っていないのに。

わたしがそれに対して文句を言える立場にないことはわかっている。それでも、怒りが抑えられない。

なんで、わたしからより江さんの存在を奪おうとするの。

わたしにとってなにがいいかは——わたしが、決める。

「いや」

歯を食いしばって春日井くんを睨《にら》みつける。

春日井くんはなぜか、一瞬眉《まゆ》を下げて泣きそうな表情になった、ように見えた。

いや、たぶん気のせいだ。わたしが泣きたい気持ちになったせいでそう感じただけだ。その証拠に、彼はすぐにさっきまでの、毎朝わたしを見つけたときに見せるような冷たい目と表情で「来るな」と首を振りわたしを拒絶した。

「松坂にばあちゃんはもう、必要ない」

「勝手にわたしのことを決めつけないで！」

叫ぶとまた頭痛がひどくなる。

これ以上いたら本当に脳みそが爆発してしまうかもしれない。三年も生きられずに今死んでしまう可能性もある。

落ち着け。こんな状態で死にたくはない。こんな最期はいやだ。

なんとか必死に気持ちを鎮める。

けれど春日井くんへの怒りはちっとも収まらず、カバンを摑《つか》んで立ち上がった。

これ以上春日井くんと話さないのがいちばんだ。

「もう来るなよ」

「うるさい！　放っておいて！　庭に手を出したら許さないんだから！」

ぐわっと勢いよく言い返すと、春日井くんが目を瞬かせた。そういえば、こうやって誰かに怒ったり怒鳴ったりするのは、かなりひさびさだ。学校では当然、誰にも見せたことのない姿だ。春日井くんが驚くのも無理はない。

でも、そのくらい怒ってるのだ、わたしは。

「わたしはわたしの好きなようにする。そう決めたの」

無茶苦茶なことを言っている自覚はあるが、そんなことはどうでもいい。

わたしはこれからも、春日井くんにどれだけいやな顔をされようと、きらわれようと、この家に不法侵入を続けてやる。ここで、より江さんに会うために。

たぶん今のわたしを見たら、より江さんは「ここはあんたの家じゃないよ」「この世はあんたを中心にまわってるとでも思ってんのか」「わがままだね」と渋い顔をして言うだろう。こんなこと今までしたことがないので、より江さんにそんなふうに言われたことはない。でも、きっとそう言う。呆れながら、苦笑しながら、わたしを受け止めてくれる。

わたしには、より江さんの存在が必要なんだ。

より江さんが教えてくれたように、より江さんのように、わたしも堂々と生きたい。たとえ余命を告げられたとしても。

そのためには、どうすればいいの。教えてよ。わかんないよ。
――『悩んでるあいだは無理かもね。できるかできないかじゃなくて、やるんだから』
より江さんのせいだよ。より江さんが死んじゃうから。あんなに後悔しないって自信満々に答えたくせに、後悔しながら死んじゃうからだ。
だからわたしは、これからもより江さんに会いに行く。

「ただいま」

帰り道ですっかりぶり返してしまった頭の痛みを堪えて玄関を開ける。

「おかえり祈里。学校サボってなにしてたの」

すぐさま声をかけてきたのは、お姉ちゃんだった。どうやら今日は仕事が休みだったようで、ずっと家にいたらしい。いつもはアパレルショップ店員であることからヘアメイクがきっちり施されているが、今は長い髪を頭上でお団子にした上にヘアバンドをしていて、ノーメイクだ。服装もラフなワンピース一枚で、ソファで横になったままわたしに話しかけてくる。

「めっちゃ心配してたんだよー」

「うん」

心配していなかったわけではないだろう。

でも、今日一日心配でいてもたってもいられなかった、というわけでもない。

「学校サボりたくなることもあるだろうけど、もうちょっと要領よくやんないと」

お姉ちゃんは呆れながらもわたしにやさしく言う。

「祈里は本当に真面目なんだから。サボりたくなったらそう言えばいいのよ。なんの連絡もなかったら事故に遭ったんじゃないかってびっくりするじゃん」

「うん、ごめん」

「なんかストレスでも溜《た》まってるの？　ひとりで溜め込まないで吐き出しちゃいなよ。あたしでもいいし、家族でも、友だちでもさ。そうやって息抜きしないと疲れるよ」

お姉ちゃんはそう言いながら、ずっと視線をスマホに向けている。きっとひっきりなしにいろんなひとからメッセージが届いているのだろう。

お姉ちゃんはいつだって、人気者だ。お兄ちゃんのように勉強が誰よりもできる、というわけではなかったけれど、とにかく友だちが多かった。どこでも誰とでもすぐに親しくなることができるし、誰よりもおしゃれだったからどこでも目立った。

お兄ちゃんは優秀で、お姉ちゃんは人気者。

そんなふたりの妹のわたしは、

『なに考えてるのかわかりにくい。見た目にも気を遣わないと。まわりの変化に置いてかれるよ』

家族にそう言われる存在だ。

小学校や中学校ではもちろんのこと、町を歩いていると知らないひとからも、よく「松坂海里の妹」もしくは「松坂菜里の妹」と声をかけられた。

わたしは、優秀な松坂海里の妹で、人気者の松坂菜里の妹で、わたし自身にはそれ以外の特徴がない。勉強はそこそこで、人気があるとはうそでも言えないくらい平々凡々な存在だ。

学校でも、家でも。

だからずっと、わたしはわたしだけのなにかが、自信に結びつくなにかが、ほしかった。

それが、わたしにとって唯一自信のある、英語だったのだと、思う。

その英語で、わたしだけの、わたしにしかないなにかを手に摑みたかった。

——それももう、叶《かな》わない。

ぼうっとしながらお姉ちゃんの話を聞いていると、慌ただしく誰かが帰ってきた。

「祈里」

リビングに足を踏み入れたお母さんは、すぐにわたしの名前を呼ぶ。

「おかえり。どうしたの」

「どうしたのって……なんでそんなに、平然としてるの」

信じられないものを見るかのような目に、え、と声が漏れる。

「今日、兄さんに会って、話を聞いてきたのよ？」

「あ、ああ……そうだったね」

「電話しても繫《つな》がらないし、どれだけ心配したと思ってるの」

膝《ひざ》からくずおれたお母さんが、ぽろぽろと涙を流しはじめた。お姉ちゃんが慌ててソファから立ち上がり、どうしたのとお母さんに駆け寄ってしゃがむ。

「……お兄ちゃんが帰ってきたら、話しましょう」

わたしは突っ立ったまま、お母さんを見下ろしていた。

そういえばお母さんが伯父さんと会う予定だったのを忘れていたな、と思いながら。

お兄ちゃんが帰ってきたのはそれから二時間後で、お母さんはそのあいだずっとダイニングテーブルで俯《うつむ》いて過ごしていた、らしい。わたしは部屋にこもっていたので、お姉ちゃんから教えてもらったことだ。お姉ちゃんになにがあったのか訊かれたけれど、さきに話すと話がややこしくなりそうなので黙っておいた。

お父さんを除く家族四人でダイニングテーブルにつく。

お兄ちゃんもお姉ちゃんも、あまりに重苦しい雰囲気に戸惑っていた。

「祈里、病気のこと、いつ言うつもりだったの」

いちばんに口を開いたのは、お母さんだった。

「わたしから言うよりも、伯父さんからのほうがいいと思って」

正直な気持ちだ。そもそも伯父さんはわたしにすべてを話してくれたわけではない。それに突然わたしの余命は三年から五年です、と言われたってお母さんはすぐに信じることができなかっただろう。

「祈里は、先週から知ってたんでしょう。ずっと、どんな気持ちで過ごしていたの」

お母さんの涙に、お兄ちゃんはぎょっとする。

なんの話か理解できずお姉ちゃんと顔を見合わせて首を捻《ひね》り、わたしに視線を向けてきた。

「ずっと、自分の余命のことを考えて過ごしてた」

お兄ちゃんたちは、今度はわたしのセリフに目を見開いた。

「わたしは、三年から五年のあいだに死ぬんだなぁって」

目を伏せて、口にする。できるだけ重苦しくならないように心がけたけれど、言葉にするとずしんと体が重くなった。もう、取り消すことができないんだと、そう思う。口にしたってしなくたって、なにもかわらないことなのに。

お母さんはそろそろとテーブルの上に書類を置いた。

伯父さんがプリントアウトした病名や症状をまとめたものだろう。お兄ちゃんはそれを手に取り、真剣な表情で目を通す。次に、お姉ちゃん。

「どういうこと、だよ、祈里。これを、先週には知ってたの、か?」

今にも泣きそうなほど眉を寄せて顔を歪《ゆが》ませるお兄ちゃんからは、わたしのことを心配している気持ちが伝わってくる。それはお母さんもお姉ちゃんも一緒だ。今日までの数日間、わたしがひとりで誰にも言わずに耐えていたことに、胸を痛ませている。

どれだけ苦しかったのか。

どれだけ悲しかったのか。

わたしの気持ちを想像して、痛みに顔を歪めている。

なのに、家族がわたしに哀れみの表情を見せるたびに、心臓に麻酔を打たれたみたいな、不思議な感覚に陥った。

わたしはそのやさしさを、余命宣告された今ではなく、もっと前に、ほしかった。

せめて今朝や、昨日に。連休中、ずっと部屋にこもっていたわたしに、ほしかった。

死ぬ運命を告げられる前に。

「なんでなにも、言わなかったの……！」

言ったところで、なにもかわらないからだ。わたしの余命が伸びるわけでも縮まるわけでもない。

わたしにだって、病気のことを消化する時間が必要だった、というのもある。

「ひとりでなんとかなると思ったのか？」

お兄ちゃんの労《いた》わるような声に首を傾げるしかなかった。なんとかしようと思ったことはないから。

「なんでこれまで、なにも言わなかったの」

両手で顔を覆い、お母さんが言う。

わたしが第一志望の高校に落ちたときも同じような体勢だったなと思い出した。私立高校に行かなくちゃいけなくなったせいで、お母さんが思い描いていた将来設計にずれが生じたからだ。

いや、そもそも、わたしが生まれた時点で予定はかわっているかもしれない。お兄ちゃんとお姉ちゃんは二歳しか離れていないのに、わたしはお姉ちゃんとは七歳、つまりお兄ちゃんとは九歳も離れている。

わたしがいなければ、お母さんは今頃、長年の夢だったカフェをオープンさせていただろう。

「聞いてるの、祈里。なんで……こんなときまでぼんやりできるの？　自分のことなのよ、祈里。もっとはやくにわかっていたら、なんとかなったかもしれないのに」

そういうことか、と言葉の意味を理解する。

たしかにぼんやりしていたかもしれない。でも。

「言ったよ」

自分のことまで、体調が悪いことまで、ぼんやりしていてなにも考えていないわけないじゃない。

思わず失笑すると、お兄ちゃんが「祈里」と咎《とが》めるように言った。

「頭が痛いって。そしたらお母さん、そこに痛み止めがあるよ、って言ったじゃない」

わたしが頭痛に悩まされるようになったのは、小学校高学年になってからだった。

「お兄ちゃんは睡眠不足じゃないかって言ったし、お姉ちゃんは真面目にいろいろ考えすぎなんだって言ったよ」

「それは」

戸惑ったように声を発したのは、となりにいたお姉ちゃんだった。ちらりと視線を向けると、まるでわたしを批判しているかのような、そんな表情に見えた。そう思うのは、今のわたしがすべてを批判的にしか考えられなくなっているからだろう。そう、思いたい。今までのように。

「なのに、わたしがなにも言わなかったことになるの？」

「もっとこまめに、何度も、言ってくれたら」

「痛み止めがなくなったって言ったら、飲みすぎって言われたのに？　お兄ちゃんは薬に頼りすぎって言ったし、お姉ちゃんは別の薬を勧めてくれたよね」

家の中が重苦しい空気に包まれていく。

わたしの発言のせいだ。

この家はいつだってあたたかな空気が流れていた。家族仲は悪くなかった。社会人になってからもお兄ちゃんとお姉ちゃんが家にいるのは、家族のことが好きで大事で、心地いいからだろう。両親の仲も、けっして悪くない。むしろ仲がいい方かもしれない。

でもいつだってわたしは、おまけのようだと感じていた。

「風邪引いたとき、体調管理くらいもう自分でできるようにならないとって言われたし、病院行きたいって言ったら仕事なのにっていやな顔されたし、ひとりで行くって言ったら保険証取ってくるって言ったのに忙しくて忘れたでしょ」

お母さんがぼろぼろと大粒の涙を流す。

わたしが今、お母さんを傷つけているんだ、とわかる。

なのにわたしの心は不思議なほどなにも感じなかった。

――『他人をあてにするなんてバカのすることだよ』

以前より江さんが言っていたのを思い出した。ぱちんと枝切り鋏《ばさみ》で剪定《せんてい》をしながら、わたしに言った。あのとき、なんの話をしていたんだっけ。家族の話をしていたのか、友だちの話をしていたのか、思い出せない。

あてにしているつもりはなかった。

でも、そうだな、と思った。

わたしは自分の力を手に入れないといけないと、そう思った。その結果、なにを決めたんだっけ。

「これは病院行かないとなって何度も思ったことがあるよ。でも、頭痛いから病院行きたいって言ってたら、行けたの？　痛み止め飲んでなさい、家で寝てなさいって、言われただけなんじゃないの？」

自分のことは、自分でしようと、そう決めたのかもしれない。

「そうだと、しても。あまりに続いたら……」

言葉を失っているお母さんのかわりに、お姉ちゃんがわたしを宥《なだ》めるように言った。

もっとはやく、もっと必死に、家族に訴えていたらよかったのかもしれない、と今は思う。その結果が、もう取り返しがつかなくなるほど病気が進行した、という現状だから。それは後悔に近い。でもそれよりももっと感じるのは。

「わたしが、悪いの？」

やるせなさだ。

「全部、わたしのせいなの？」

わたしに非がないとは思わない。でも、言ったところでなんとかなったかどうかはわからない。正直なところ、なにもかわっていなかったのではないかと思える。

「そんなこと言ってないでしょ！　お母さんが泣いてるの見てなにも感じないの？」

「祈里、もうやめろ。反省してる。悪かった。でも、みんな祈里の体を心配してるんだから」

お兄ちゃんが落ち着いた調子であいだに入ってきた。

「心配？　誰も、今のわたしの体調を確認しないのに？」

今痛いところはないかとか、どんな状態なんだとか、一度も訊かれていない。大丈夫か、のひとことすらない。

春日井くんのように顔色に気づくこともない。

今も、これまでも。

「お母さんは今日伯父さんに会ったけど、伯父さんからは木曜日に連絡がいってたよね。わたしのことで話がしたいって、大事なことだから今晩か明日にでもって。それにお母さんは、忙しいから無理、って言ったんでしょ」

お母さんの肩が震えた。

何度も、そんな時間作れないから電話やメッセージで、と言っていたのも知っている。今日会いにいったのも渋々だった。一度わたしに「なんの話？　たいしたことじゃないなら今話してくれない？」とも言った。

ずっと、家族に迷惑をかけないでいたかった。

お母さんが大好きなカフェの仕事に専念できるように。単身赴任のお父さんが安心して仕事ができるように。そして、厳しくもやさしいお兄ちゃんに、おしゃれでかわいいお姉ちゃんに、褒められるように。

勉強を頑張る。家族の手伝いをする。自分のことは自分でする。ひとに迷惑をかけない。友だちを作る。自信を持つ。

毎日見ていたリストが脳裏を駆け巡る。

それらは全部、家族が関係していた。すべて家族に認められたいという思いからのものだった。

留学や英会話、語学留学でさえも、家族の影響だ。

わたしにもできることがある。わたしにしかできないことがある。

それができれば、おまけではなく家族の一員になれるような、そんな気がしていたからだ。

ずっとそんな、無駄なことをしていたんだ。

余命宣告を受けるほどでなければ、どうにもならなかったようなことだった。

いや、だとしてもそれも一時的なものだろう。

わたしが死んだら、きっとわたしはいなかったことになる。わたしは家族にとって、枯れた花や車に轢かれたカラスと同じくらいの存在でしかない。

じゃあ。

「もういいや」

大事なものを捨ててしまっても、いいのでは。

そう思った瞬間、体がふわりと軽くなった。

わたしが捨てるべきものは、〝忘れちゃいけないことリスト〟に囚われていた思考ではなく、そのリストの要因になった、大事なものだった。

余命宣告をされてから、今、はじめて解放感で満たされて、死ぬとき後悔になっただろうなにかの消失を感じた。


「ちょっと行きたいところあるから、ここでいい」

車を停めてもらい、助手席のドアを開けて外に出た。むあっとした空気に体が少し重くなるが、車内の重苦しい空気に比べたら随分マシだ。

「祈里、どこに行くの」

「夜には帰るから」

「祈里」

運転席から呼びかけてくるお母さんの声を遮るように、ドアを閉めた。

わたしが振り返りもせずに歩いていくと、しばらくしてから車が去っていく音が耳に届く。お母さんは仕事に向かったのだろう。それでいい。いまさらなにも、思わない。

昨晩の家族会議のような時間は、あのあとすぐにわたしが席を立ったことで終わった。晩ご飯もリビングでは取らずに部屋に閉じこもって食べ、お風呂は朝、まだ誰も起きていない時間に済ませた。

そのまま家族とは顔を合わせず学校に行くふりをしてどこかに行こうと思っていたのだけれど、わたしがゴソゴソしている音で目を覚ましたらしいお母さんに捕まってしまったのだ。どうやら伯父さんにクリニックに一緒に来るように言われていたようで、渋々それに従った。

そのおかげで朝の食卓は最悪の時間だった。お母さんはわたしに気を遣って話しかけてくるし、お兄ちゃんは気まずそうに黙ったままで、お姉ちゃんに関しては起きてきてすぐにわたしを避けて部屋に戻った。

家族がわたしをどう思っているのかは、わからない。

ややこしい存在だと思っているような気がする。

昨日の会話になにを感じたのか少しでも言葉にしてくれたら——と思うのは、わがままだろうか。

今週末にはお父さんが帰ってくるらしい。もともとお父さんは寡黙で、尚且《なおか》つわたしが中学生になった頃には単身赴任になっていたこともあり、どういう反応をされるのかまったくわからない。

「まあ、いいか」

口に出して、悶々《もんもん》としそうになった気持ちを吹き飛ばした。

どうせ、この気まずさも数日程度のものだろう。わたしはもちろん、家族もきっとこの状況に慣れてどうでもよくなるはずだ。家族にとってのわたしは、昨日までのわたしだから。

〝わたしが死んだ〟あとの様子が目の前で起こっていると思えばいい。

ポケットのスマホが小さく震えたのに気づいて取り出すと、伯父さんからメッセージが届いていた。

『いつでも会いに来ていいからな』

短い内容に、心があたたかくなる。

今日、お母さんと話を聞いているあいだのわたしが無表情なことを、ずっと気にしている様子だった。

お母さんは動揺して伯父さんにあれこれ訊いていた。治る方法は本当にないのか。今後どうすればいいのか。伯父さんからの返答はお母さんの望むような希望のあるものではなく、わたしがネットで調べたようなことばかりだったけれど。

なるべくストレスがかからないように、と。それで進行を多少遅らせることができるが、もう頭痛が体に癖づいてしまっているため、完治は難しい、とはっきりと言われた。

伯父さんから受け取った薬は、鎮痛剤と睡眠薬と、血液の巡りを助けてくれるなにか難しい名前の錠剤だった。痛みを感じることのストレス軽減のための鎮痛剤は、一般的な鎮痛剤よりも効果が高いらしい。多少脳の不純物を散らす効果もあるとか。睡眠薬は痛みから眠れなくなるのを防ぐためのものだ。

――『ただ、飲みすぎには注意して。用法用量を必ず守るように』

伯父さんは何度もわたしに言った。

どの薬も体が慣れてくると効きが悪くなるうえに、今後頭痛の頻度も症状もひどくなっていく。そのたびに量を増やしてはいくけれど、依存症状に陥りやすいデメリットがあるそうだ。そして、今現在、効果のある薬はほかに存在しない。

痛みはどんどんひどくなり、次第に手足を動かすことができなくなる。そしてゆっくりと、確実に、死に至る。

さすが珍しい難病指定の病気だと言わざるを得ない。

まあ、余命宣告されてるくらいだから、それも当然か。

先週伯父さんから話を聞いたときのように気分が落ちないのは、数日経って、多少死を受け止められたからだろう。

ひとはいずれ死ぬ。元気だったより江さんのように、空を羽ばたいていたカラスのように、枯れていく花のように。

むしろ残り時間が告げられているのはラッキーとも言える。準備期間があるのだから。準備をしていれば、このさき突然死ぬことがあっても、宣告をされていなかったときよりもマシな最期を迎えられる気がする。

これまでの日々に、わたしはさまざまな執着があったんだろう。

それを捨てようと決めたら、一気に身軽になった。

薬のおかげで今は痛みもなく晴れやかな気分だ。

こんなの、いつぶりだろう。頭痛がないだけでものすごく世界が明るく感じられる。夏のような秋の日差しも、広くて高い空も、聞こえてくる音も、触れる地面や空気も、どれもが新鮮だ。

足を大きく踏み出し、目的地に向かう。

クリニックから家に向かう最中に車を降りたので、ここから十分もかからない。

あの庭も、今見たらきっと、なにか違うはずだ。

もう来るな、と春日井くんに言われたけれど、気にしない。

好きなようにすると言った。

もしかしたら今のわたしは、無敵かもしれない。


——と、思ったのに。

「まさか本当に来るとは思わなかったな」

今日も縁側で春日井くんがわたしを待っていた。まだお昼前、ということは、春日井くんも学校をサボったということだ。

「なんでいるの」

ちょっと怖いんだけど。

「昨日の松坂がヤケになってたからなんとなく。でも今日はさすがに学校に行くと思ってたんだけどな。まじで大丈夫か？」

わたしを待っていた、というわけではないようだけれど、こうしてここで顔を合わせるとなんとなく、わたしの行動をよまれているような気分になる。

「でも、なんかいつもより表情が明るいな」

今日も彼は些細《ささい》なことに気づき、声をかけてくれる。

ずっと前から、今もかわらずに。

座れば、と言われたのでお言葉に甘えて縁側に腰を下ろす。並んで庭を見つめるわたしたちのあいだに、会話はなかった。

静かな庭に、どこかから鳥がやってきた。

風が吹くと、キンモクセイの香りがして、同時により江さんの姿が浮かぶ。

再びスマホが震えて今度はなんだろうと思ったら、鶴ちゃんからのメッセージだった。二日続けて休んだので心配してくれているらしい。『大丈夫なの？』という内容とおろおろしているうさぎのスタンプが届く。

昨日、わたしは鶴ちゃんにも羽衣華にも、なにも返事を送らなかった。なにを送っていいのかわからなかったから。そして、わたしにとって鶴ちゃんや羽衣華は、クラスメイトは、どんな存在なのかもわからなくなったからだ。

一昨日の夜からずっと、ふたりのメッセージを無視している状態だ。

このまま無視し続けたら、どうなるのだろう。

ふたりはきっと気にするはずだ。そんなことをするより、この前のメッセージのことを伝えて距離を置くのが正解だと思う。

でも、できない。

結果、無視をする。

すぱっと、家族に対して思ったように、もういいや、ってなれたらいいんだけどな。もう友だちじゃなくなってもいいやって。そうしたら、昨日みたいに心がラクになるはずだ。

なのになんで、鶴ちゃんや羽衣華には、できないんだろう。

「なにかあったのか」

ぼーっとしていたので、春日井くんの声に反応するのが少し遅れた。

「……なにも」

「そうか」

否定に対してあっさりとした返事がある。

そっと横を見ると、春日井くんは険しい顔で正面を見据えていた。目が離せないでいると、わたしの視線を感じた彼が振り返る。

「松坂は、いつまでここに来るつもり?」

「わかんない」

正直に答えると、春日井くんは大きなため息を吐いた。

「ねえ、本当にこの庭をなくすつもりなの？　どうにか、できないの？」

「なんでそんなにここに来たいのか、おれにはわかんねえな。ばあちゃんはもういないんだ。誰も世話ができないこの庭はいずれ荒れる。だったらその前にちゃんと処理したほうがいいだろ。どっちにしても家の中は片付ける予定だし」

たしかにそうだと思う。

枯れていく花々は、鮮やかな色からくすんだ色になり、草木は萎《しお》れてそのうち地面に横たわる。雨風で地面も汚れるし、誰も手入れをしないからさまざまな虫が出てくる可能性もある。

それは、家も同じだろう。

誰もいなくなった家は、朽ちるのがはやいと聞いたこともある。

「より江さんに、会いたい」

「もういない」

そんなことはわかっている。でも、どうしても、より江さんのことを忘れられない。

「松坂は、なんでそんななの」

「どういう意味？」

「静かに空回ってる。ずーっと一定の速度で、横を見る余裕もあるはずなのに、バカみたいに目の前の数センチの距離しか見ないでまっすぐ歩いてる」

呆れたような、突き放したような、ひどく冷めた声色で、それをどう受け止めればいいのかわからない。

「松坂見てると、全部壊してやりたくなる」

なにを。なんで。

「これまでの全部、無駄だよって、なにつまんねえことしてんの、って言ってやりたくなる。松坂が無駄なことしてるのは、ばあちゃんのせいだと思ってる。だから、さっさと忘れたらいいのにって。学校までサボって感傷に浸るなんて時間がもったいねえよ」

ひどいことを言われている。

でも、あまり傷ついていない自分がいる。

春日井くんの言葉の端々に、これまでのわたしを見ていてくれたと感じるからだろう。

家族に対しての期待がなくなったからか、逆にわたしをきらっていると思っていた春日井くんのやさしさをはっきり感じる。家族よりもずっと、わたしを気にかけてくれているんだと、そう思える。

だからって好かれているわけじゃないことくらい、わかってる。

そう思った瞬間、胸がちくりと痛んだ。

小さな棘《とげ》が刺さって、パキパキと心臓がヒビ割れていく。

「どうやったら、松坂はばあちゃんのこと忘れられるんだろうな」

「春日井くんにどう思われても、わたしはより江さんを忘れるつもりなんかないよ」

きっぱりはっきり言うと、春日井くんが目を見開いた。

「なに？」

「松坂まじでなんかあったのか？　雰囲気かわったな。昔見かけた、ばあちゃんと一緒にいたときの松坂に、ちょっと近い。学校じゃもうちょっと優等生のふりしてただろ」

「ふりって……」

怪訝な顔をすると、ふはは、と春日井くんが噴き出した。

屈託のない笑みが、ぱあっとわたしの視界を明るくさせる。同時にさっきまでヒビが入っていた心臓が今にも壊れそうなほど大きく震え出した。

ばくばくと、全身を揺さぶるほど激しく伸縮を繰り返す。

まるで、恋に落ちたみたいに。

そんなバカみたいなことを考えると、今度は顔が熱くなった。

違う、違う違う違う。なんでこんな反応をしてしまうんだ。

赤く染まった顔が春日井くんにバレないように、顔を背ける。

「なに、怒った？」

幸いわたしの妙な変化に気づいていない春日井くんが、くすくすと笑ったまま話しかけてくる。どうか顔を覗《のぞ》き込まれませんようにと祈りながら「怒ってない」と短く返答する。

それすら春日井くんにはおもしろかったらしく、はははとまた笑い声を上げた。

楽しそうでうれしそうなその様子に、拗《す》ねたくなる。わたしの気も知らないで。

「なあ」

ひとしきり笑い終えた春日井くんが、家の中に呼びかけるように振り返って言った。

「一緒にこの家、片付けるか?」

「っえ?」

思ったよりも弾んだ声が出た。

表情も明るかったのだろう、春日井くんが仕方ないなと言いたげに片頬を引き上げる。

「ばあちゃんの私物は片付けないとまずいだろ。でも母さんが、働いてるからなかなか時間取れないって言ってて、おれも手伝うよって話してたんだ」

たしかにまだいろんなものが並んでいた。棚にはなにかしらの本や紙がいろいろ差し込まれているし、耳を澄ますと冷蔵庫の稼働音らしきものも聞こえる。突然亡くなったなら、まだより江さんの荷物はたくさんあるだろう。

「ひとりで軽く見たんだけど、いろいろあったよ。探せば写真とか日記とかも出てきそう。ばあちゃんあんまり物を捨てられるタイプじゃなかったんだろうな」

「そうなんだ」

ちょっと意外に思う。

わたしはこれまで、この家の中には一度も足を踏み入れたことがない。そっか、より江さんは物を大事にするひとだったんだ。

「この家の中に残されてるばあちゃんに会うつもりで片付けるのもいいかもな。庭でぼーっとするよりもそのほうがマシだろ。なにかしらの痕跡《こんせき》はあると思う」

より江さんの、痕跡。

春日井くんの言葉を反芻《はんすう》して、咀嚼《そしゃく》する。

より江さんはもういない。けれど、この家の中により江さんはいる。

「勝手に、いいの？」

「母さんには今日伝えとくけど、べつにいいって、むしろ助かるって言いそうだよ。いつ終わるかわからないって途方に暮れてたから」

縁側から、じっくりと家の中を眺める。

この家の中にあるものからより江さんを探す。より江さんが残したなにかを。

そうしたらより江さんに会えるだろうか。わたしの記憶の中のより江さんだけではなく、春日井くんが母親から聞いたより江さんの姿もあるかもしれない。後悔なんてないと言っていたのに、涙を流しながらこの世を去った、より江さんの、本当の姿に、出会えるかもしれない。

全部がうそだとは、信じたくない。

わたしにとって大事なひとで、かけがえのない時間だった。

また、いろいろ教えてくれるだろうか。

今のわたしに、手を差し伸べてくれるだろうか。

死んでいるのだから、できるわけがない。

でも、春日井くんの誘いを断るという選択肢はわたしにはなかった。

喜びに浸っていると、

「そしたら、松坂はばあちゃんのこときらいになれるかもしれないしな」

と春日井くんが呟く。

「……しつこいよね、春日井くんって」

「うん」

はっきり言われて、笑みが溢《こぼ》れる。

より江さんをきらいになるなんて、今のわたしには想像もできない。

でも、わたしと春日井くんでより江さんに対する印象が違う理由は、過去を知っているかどうかだ。

「そんなことにはならない、って言いたいけど、でも、きらいになるのも悪くないかも」

わたしの知るより江さんの全部がうそだったとしてもいいかもしれない。そうすればより江さんの思い出をわたしは捨てるだろう。その勢いで、わたしが今なお自覚なく縋りついているなにかもきっぱり捨てられる気がする。

家族はもちろん、友情とか、夢とか、希望とか。

そうたとえば、恋心とか。

……いや、それはないけれど。ない、はずだ。

「やるか？」

「――うん、やりたい」

こっくりと頷くと、春日井くんは満足そうに口の端を引き上げた。

そして、すっと手を差し出される。握手を求められているのだと気づくまで数秒かかり、いやいやおかしいだろ、と思いつつもわたしの体は勝手に動いて彼の手に自分の手を重ねていた。

心臓が、わたしの意思を無視して激しく音を鳴らしている。

春日井くんが、恥ずかしそうに頬を染めて、わたしを見ているから。

「これから、よろしく」

「あ、は、はい」

戸惑いながらも返事をしたわたしに、春日井くんは微笑んだ。

これまで毎朝わたしを一度無視していた春日井くんの欠片《かけら》は、今はもうどこにも見当たらない。彼は、わたしと目を合わせて、話をして、みんなに見せていたような表情を向けてくれる。心なしか、今はあたたかさが増しているようにも思う。

わたしの手のひらの中で、とくとくと、小さな鼓動を鳴らしてなにかが芽吹いた気がした。

ずっと体内で、固く閉じていた芽が動き出した。

それに、名前はつけられない。

咲くはずのない、咲かせてはいけない、なにかだ。

万が一咲いてしまえば、それがどんなに美しい花であっても、癒《いや》されることのない、むしろなにかを死に至らしめる毒花になるだろう。

そして、枯れて朽ちて、消えていく。

今すぐ根ごと引き抜き捨てなくてはいけないものだ。

遅くとも、死ぬまでには。

Ⅲ　死ぬまでに、消したい

三日ぶりの通学路は、夏休み明けよりもずっと懐かしく感じた。

やっぱり休めばよかった、と思う。けれど、この先ずっと休み続けるわけにはいかないのもわかっていた。なので、昨日春日井くんに「明日は学校ちゃんと来いよ」と言われて素直に「わかった」と返事をして、こうして向かっている。

でもやっぱり、ダルいなあ……。

今まで毎日学校に通っていた自分が信じられない。

この制服の波に呑《の》み込まれるように過ごしていたんじゃないだろうか。内心ではそのことに窮屈さを感じながらも、その感情から目を逸《そ》らして。

まだ朝だけれど、はやく放課後にならないかな。

今日からより江さんの家の片付けを本格的にはじめる予定だ。

昨日は家の中をぐるりと回って、どこからはじめるか、という話し合いをしただけだった。はじめて足を踏み入れたより江さんの家の中は、物はそれなりに多かったがきれいに整頓《せいとん》されていた。

和室が三部屋あり、それと別に茶の間と台所とトイレとお風呂《ふろ》、というシンプルで古風な間取りになっていた。水回りは一度リフォームをしたようで最新に近い状態だったことに驚いた。

長年使ったためであろう汚れやシミはある。

でも決して、ボロボロではない。

それがより江さんらしいな、と思う。

より江さんは丁寧に暮らしていたのだろう。おばあさんの家、というよりは、レトロが好きなひとの家、という感じで古臭さがない。

そんなことを生前のより江さんに伝えていたら「年寄りのセンスは古臭いってバカにしてんのか」と叱咤《しった》されただろうな。そんなことを考えていると、春日井くんが「なんか個性あふれてるよな。ばあちゃんなのに」と言った。より江さんがいたら追い出されていたに違いない。

家の中を確認してから、春日井くんと近くのコンビニでお昼ご飯を買い、縁側で並んで食べた。そのあとは、しばらく放置されていた庭に、たっぷりと水を撒《ま》いて、雑草を引き抜き、地面を箒《ほうき》で掃いた。

そのあいだ、春日井くんはそばで楽しそうに手伝ってくれていた。ときどき、庭に咲いている草花の名前をネットで調べて教えてくれたりもした。

わたしも、楽しかった。

なにも考えずに、目の前のことだけを楽しめたのは、いつぶりだろう。

昨日のことを思い返すと、心が穏やかになる。

頬を緩ませながら歩いていると、すこし前にいる春日井くんの背中を見つけた。

いつも見かけていた姿だ。

そして彼は振り返り、わたしを見つける。視線がぶつかり――目を逸らす。

「おはよ」

「――え」

そう思ったのに、春日井くんがわたしを見るなり声をかけてきた。

「なんで驚いてんの」

「あ、いや……なんでもない。おはよう」

声をかけてきただけではなく、わたしのとなりに並んで歩きはじめる。

これまでなら、鶴ちゃんが声をかけるまで絶対にわたしに挨拶《あいさつ》なんかしなかったのに。

戸惑うわたしをよそに、春日井くんは「ちゃんと来てよかった」とか「授業終わったら教室に迎えに行くから」などと話を続けている。春日井くんがいつも一緒にいる友だちの、不思議そうな様子にも気づいていないらしい。

わかるよ、わたしには春日井くんの友だちの気持ちがわかる。これまでわたしひとりのときに春日井くんが声をかけてくることもなかったし、こうして並んで歩くこともなかったもんね。わたしも不思議。

「話聞いてる?」

「ごめん、なに?」

ろくに返事もできないでいると、ほんのすこしだけ、彼が不満を抱くのがわかった。微《わず》かに眉《まゆ》をひくつかせてわたしを見下ろすその視線から、それが伝わってくる。

「なんなの、松坂は学校に呪いでもかけられてんの？」

「なにそれ」

「ばあちゃんちでしか呪いがとけないの？　ばあちゃんちにいるときの松坂と雰囲気が違う、っていうかいつもの松坂になってる」

そんなことはない、とは言えない。

もちろん呪いではないけれども。

長年の癖というか習慣というか、そういう感じだ。ついでに言わせてもらえば、春日井くんの対応に驚いているのも理由のひとつなんだけれど、そのことに春日井くんは気づいていないようだ。

「体調は？」

「え、ああ、大丈夫」

「そっか」

春日井くんはいつもわたしの体調を気遣う。

ここ数日はゆっくり寝ているし、昨日今日は頭痛もほとんどないのでかなりラクだ。でも訊《き》かれるってことは、もしかしたら顔色が悪いのかもしれない。家で鏡を見たときは気づかなかった。そこではっとして顔を上げる。

「より江さんの家にはちゃんと行けるから！」

体調不良だと思われて断られたら困る。

慌てて元気なことをアピールすると、春日井くんは数回瞬《まばた》きしてから、くは、と噴き出した。

「わかってるよ。おれが止めても勝手に行くだろうし」

肩を揺らして、ちょっとバカにしたような笑みをわたしに向ける。やさしさを感じない、けれど素直さを感じる反応は新鮮で、自分が必死だったことを自覚して恥ずかしくなる。

春日井くんは、わたしが思っていたよりも、意地悪なところがある。

そのままふたりで学校まで向かい校舎に入る。

そういえば鶴ちゃんたちに会わなかった。挨拶されたときにどう対応しようかと電車の中で悶々《もんもん》と悩んでいたのだけれど、杞憂《きゆう》だったようだ。

でも、いつもは途中で絶対会うのにな。鶴ちゃんか羽衣華どちらかだけなら寝坊ということが考えられるけれど、ふたりとも会わないなんて。

不思議に思い振り返ると、至近距離にふたりが立っていた。

むふふ、と目を細めている姿に、背後からずっとわたしと春日井くんを見ていたのだとわかる。というか、完全に勘違いをされている。

「どうした？」

「いや……なんでもない」

「ふうん。じゃあ、放課後、教室で待ってて」

先に春日井くんの教室に着いて、別れる。ひとりになったのを見計らって、背後から鶴ちゃんと羽衣華が駆け寄ってきた。

「ちょっとー、休んでるあいだになにがあったの」

「どっちから？　きっかけは？」

「そういうんじゃないから。付き合ってるわけじゃないって」

「えーでも今日一緒に帰るんでしょー？　教室で待ってて、だってー？」

いやそれは、用事があるからで。

でもその用事がなにかと訊かれると答えられない。説明するにはややこしいし、そんなの口実だと受け取られそうだ。

放課後の待ち合わせは教室ではなく昇降口とか駅とかにすればよかった。どうやって誤解を解けばいいのかわからない。

返事に窮しているわたしを無視して、ふたりはずっとわたしと春日井くんが付き合いだした体で話を進める。教室の中に入ってもそれが続いたせいで、クラスメイトもすぐさま話に食いついてきた。一気にわたしと春日井くんが付き合いだしたという間違った情報が広まっていく。

「いや、本当に違うから！」

「またまたあ」

全然信じてもらえない。それどころか否定し続けていることで、羽衣華が「なんであたしたちには教えてくれないのー」と不満げに頰を膨らませた。鶴ちゃんは「相変わらず秘密主義だなあ」とわたしに言う。

ああ、いつものふたりだ。

わたしに笑顔で話しかけてくれて、休日に一緒に遊びに行って、メッセージや電話のやり取りを頻繁にしていた、仲がいい〝と思っていた〟わたしの友だちだ。

ふたりはどんなふうにわたしに接してくるだろうと不安だった。

わたしはどんな態度を取ればいいのかと悩んでもいた。

でもそんなこと、どうでもよかったんだ。

ふたりは、ここ数日わたしが一切メッセージに返信していないことも、学校を休んでいたことも、気にしていない。記憶にもないのかもしれない。

これでよかったのかもしれない。

ただ、釈然としないだけ。

こういうとき、ひと付き合いの上手なお姉ちゃんだったらどうするんだろう。

言いたいことはちゃんと相手に伝えることができるひとだから、わたしみたいになあなあで済ますことはしないかな。そうやってひとと真正面から素直にぶつかることのできるひとだから、お姉ちゃんにはたくさんの友だちがいるんだろうな。

わたしには、できそうにない。

ずっとお姉ちゃんのようになりたいと思っていたし、目指せば近づけると思っていた。けれど、今のわたしは明確に〝できない〟〝無理だ〟と感じている。

「ねえねえ、祈里ー」

鶴ちゃんと羽衣華に囲まれているわたしを、かおりちゃんが呼んだ。

「今日の数学のプリントやってきた？　二時間目に提出じゃん」

「え、あ、昨日まで休んでたから、今日はやってないや」

かおりちゃんは「えー」と不満そうに声を上げる。

「そういやそうだったっけー。もうなんで休んだのー。昨日も一昨日も困ったんだから」

へ、と声を発したけれど、それは音にならなかった。

「やってこないかおりが悪いんでしょ」

言葉を失っているわたしのかわりに、鶴ちゃんがケラケラと笑う。

そうだけどさー、今からやれば？　えー、祈里ならできるだろうけど、という目の前で交わされる会話が、遠く聞こえてくる。

同じ場所にいるのに、わたしひとりが、どこかに飛ばされてしまったみたいだ。

うすうす、気づいてはいた。

かおりちゃんがわたしをあてにしていることを。悪く言えば、便利に使っていることを。

でも、それだけじゃないと信じたかった。放課後に一緒に遊んだことがあるし、メッセージのやり取りもする。宿題以外でなにかを押しつけられるようなことは一度もなかった。

誰だって得手不得手がある。かおりちゃんは勉強が苦手で、多少勉強ができるわたしを頼ってくれている、と。そう、信じたかった。

まわりの反応を見るに、みんなも気づいているのだろう。かおりちゃんだけではなく、みんなにとってもわたしは同じような存在だったのかもしれない。

休むと困る。さびしいとかではなく、困るだけ。

きっと、わたしが死んだときも、同じように思うんだろうな。

「ごめ――」

これまでのように振る舞えばいい。なにかを我慢しているわけじゃない。謝って、あははと笑って、残りの高校生活をだらだらと過ごせばいい。そのほうがラクだし、それなりに楽しい時間を過ごせるだろう。

でも、言葉が途中で止まってしまう。

――『軽々しくひとに謝るもんじゃないよ。それはラクしてるだけ』

――『あんたは、死ぬときに、ああしておけばよかった、こうしておけばよかった、なんて後悔ばかりになりそうだね』

より江さんに〝ラク〟と言われたとき、意味がわからなかった。

でも、今やっと、理解する。

たしかに謝るのはラクだ。そこで話は終わる。謝ってしまえばそれ以上大きな問題になることはない。

わたしは今まで、無意識にラクな生き方をしていたんだ。

決して気分の晴れない、ただ時間を浪費しないという意味の、ラク。
□ひとにやさしくする
これまで、かおりちゃんにノートやプリントを見せることに抵抗を感じなかったのは、リストの項目に〝やさしくする〟と書いてあったから。

それで、わたしのためになったことはあったのだろうか。昔のように誰かに無視されたり陰口をたたかれるようなことはなくなった。感謝されたり、褒められたりもした。けれど、それだけだ。たかが、それだけなんだ。

それだけのために、謝る必要を感じていないまま謝罪を口にするの？

なんで？

「祈里？」

呼びかけられて、はっとする。目の前にあった透明のカーテンが、さあっと左右に開かれるような感覚があった。

「うん、突然だったから困ったよね」

これでいいんだ、とすぐに実感する。

「だから、前もって言うね。明日以降も、困ることになると思う」

「え？　どういうこと？」

「わたしはもう、宿題をかおりちゃんに見せないから。かおりちゃんだけじゃなくて、誰にも」

笑顔を消してかおりちゃんと目を合わせ、そして、まわりにいるクラスメイトにも視線を向けた。みんながこれまでかおりちゃんと一緒にわたしの宿題を写してきたことを、わたしは知っている。

□~~ひとにやさしくする~~　□無理に気を遣わない

わたしはひとに迷惑をかけないように意識してきたのに、まわりはわたしに迷惑をかけていいと思っていたんだろうか。そうなんだろうな。

迷惑だと思っていたわけではない。自分がやってきた宿題をひとに見せることが自分の損にはならない。けれど、軽く扱われているのだと知った今はもう、それを甘受することは、できない。

いや、したくない。

この先、死ぬまでのわたしの日々に、そういうのは、もういらない。

「祈里?」

戸惑いの声を発したのは、かおりちゃんだったのか、鶴ちゃんか羽衣華だったのかはわからない。

「わたし、要領悪いから、うまくできないや」

ゼロか百かでしか、振る舞えない。

わたしの言葉を最後に、チャイムが鳴った。

「ほとんどゴミだな」

雑誌やノートをペラペラとめくりながら春日井くんがぼやいた。

「ゴミとまで言わなくても……より江さんには大事なものだったんじゃないの?」

「捨て損ねただけだと思うけど」

ぺいっと一冊のノートを放り投げた春日井くんは、片付けに飽きたのかぐいんと背を伸ばしてそのまま寝転がった。

ノートを手にしてめくると、中にはより江さんが読んだらしい本の感想が綴《つづ》られていた。といっても、詳細なものではなくあらすじと数行のコメントだけの記録だ。読んだ日付は今から十年以上も前で、ノートは数えきれないほどある。

より江さんがこんなに本を読むひとだったなんて知らなかった。

知っていたら、より江さんの好きな本の話を聞きたかった。わたしも本を読むけれど、より江さんはわたしなんかが太刀打ちできないほどの量を読んでいる。ミステリーからファンタジー、ノンフィクションに自己啓発までジャンルは多岐にわたる。

こだわりがあるひとだと思っていたけれど、本にこだわりはなかったようだ。

「本棚にはそんなに本はなかったのにね」

家の中にあったのは、ミステリーが数冊と、写真集や辞典だ。

どうやら海も好きだったようで、草や花の写真集と辞典がわずかにあるほかは、ほとんどが海の写真集だった。

わたしが知っているより江さんは、より江さんの一部でしかなかったことを痛感する。あんなにたくさん話をして、わたしにとっては濃厚だと思える時間を過ごしたのにな。

「小説は図書館で借りたんだろうな」

「そっか、近くに図書館あったね」

「ノートは、処分のほうに入れといて。ほしかったら持って帰ってもいいよ」

寝っ転がった状態で、春日井くんが部屋の隅を指差す。そこに処分と保管、二種類の段ボールがある。ほとんどが処分ですでに三箱目になっているのに比べて、保管はまだ一箱も埋まっていない。というかほぼ空だ。

これまでも、春日井くんは何度かほしいものがあれば好きにしていいよ、と言ってくれた。けれどさすがにそれは図々《ずうずう》しいし、思い出をもらってもわたしがそれを大事にできるのは数年だけだ。

でも。

「いいの?」

ここはお言葉に甘えようとノートを抱きしめる。

より江さんの読んだ本を、読みたいから。

「そんなのがほしいんだ。片付けだしてはじめてじゃん」

「ありがとう」

深々と頭を下げてお礼を伝える。

春日井くんとより江さんの家を片付けるようになり、一週間ほど経った。

平日は学校が終わってからの数時間しかないため、あまり進みはよくない。土日を挟んでやっと一部屋目の半分が終わろうとしているところだ。あと和室ふた部屋、茶の間に台所と、まだまだ先は長い。

「そろそろ休憩がてら水撒きでもするか」

「うん」

立ち上がった春日井くんのあとについて庭に出ると、ゆったりと青空にオレンジ色がまじりはじめていた。九月末はまだ夏と呼んでもいいくらいの暑さがあるけれど、日が沈むのははやくなってきている。

きらいな夏が終わるんだな、と思う。

庭にある蛇口を捻《ひね》ると、ホースから水が噴き出してきた。それを木々に撒いていくと葉っぱが瑞々《みずみず》しい色に染められていく。その光景は、いつ見ても好きだ。植物と一緒に自分の萎《しお》れた気持ちにも水が与えられるような、そんな気分になる。だから、より江さんに会いにいくのはいつも、ちょっと気分が下がり気味のときだった。

「水撒き好きだよな、松坂」

縁側に座ってわたしを眺めている春日井くんが言う。

わたしが水撒きをしているあいだ、春日井くんはいつもそれを眺めている。

まるで、より江さんがいたときのわたしのようだ。違うのは、彼は退屈そうにしていることだろう。ペットボトルをべこべこと鳴らしながら、「つまんなくねえの?」と不思議そうにしている。

「つまんなくないから、水撒きしてるんだよ」

「松坂のこと頑固だなとは思ってたけど、けっこう気も強いよな。いや、我が強い、って感じ」

「……褒めてないよね、それ」

「うん」

訝《いぶか》しげな視線を向けると、にこりと微笑みながら肯定された。

「春日井くんは思ったよりもキツい性格してるよね。顔は笑ってるのに」

基本的に春日井くんはいつも笑顔だ。

ただ、笑っているだけで決してやさしいわけではない。かなりはっきりした性格だったことも、最近わかった。こうして春日井くんと一緒に過ごす時間が増えるまで、気づかなかったことだ。

「おれのことキライになる?」

「……なんでそんな話になるのかわからない」

ぷいっとそっぽをむいて答えると、背後で彼が喉《のど》を鳴らして笑った。

「松坂は、おれのことがきらいだよな。もしくは興味がないか」

「それは春日井くんの勘違いだよ」

何度も否定しているのにどうして信じてくれないのか。きらっているのは春日井くんのほうでしょ、と言い返したこともあるけれど、そのたびに「松坂が」「春日井くんが」の堂々巡りになって話が終わらないので言わないようになった。

最近はわたしが否定するのを楽しむためだけに口にしているんじゃないかとも思っている。春日井くんがこんなに意地悪な性格だったなんて、知らなかった。

それでもわたしは——彼のことをきらいだと思ったことはない。

「やっぱり松坂は、この家にいるときだけ雰囲気が違うよな。でも、なにもかわってないなってところもある」

「どっち」

「そういうところ」

春日井くんのよくわからない発言に「なにそれ」と肩をすくめると、彼は「そういうところ」と繰り返して目を細める。

「今までだったら、もうちょっと、適当な返事されてた」

「そうかな。でも、そうかもしれないね」

言われてみれば。

前はもうすこし、春日井くんに気を遣っていたかもしれない。

だって、わたしのことをきらいな相手だから。

でも今は、なにも考えずに自然に接しているなと思うことが多くなった。

余命宣告されたから、だろうな。

それをきっかけに、わたしはいろんなことを気にするのをやめた。まだ完全に解放できていないので、それが〝かわってない〟部分なんじゃないだろうか。

水撒きを終えてホースを元の場所に戻してから、縁側に座る。いつの間に用意したのか、春日井くんがグラスにペットボトルのお茶を注いでいた。冷蔵庫で冷やされていたそのお茶は、より江さんがいたときに飲んでいたものとは味が違う。

より江さんは毎日、いろんなお茶を淹《い》れていた。

毎日、毎日、数えきれないほどの日々を、より江さんはこの家で過ごしてきたことが、片付けを進めるたびに、この家の中で過ごす時間を重ねるたびに、伝わってくる。

その日々は、幸せだったのだろうか。泣いて謝り後悔する最期からは、そう思えない。ならば毎日、より江さんはこの家の中でひとり、後悔を抱えて生きていたのだろうか。

葉っぱが、風に揺れた。

水滴に光が反射して煌《きら》めく。

そういえば、キンモクセイの香りが弱くなっている。

水気を含んだ土のにおいのほうが、今は香る。

「松坂がかわった理由はなに？　どんな心境の変化があったわけ？　そんなにばあちゃんの

不在が衝撃だった？」

「それはもちろんだけど、それ以外にもいろいろ重なったのもある、かな。春日井くんの言ったように、わたしはつまらないなっていまさら気づいたのもある」

「曖昧《あいまい》な答えだな。言いたくないならいいけど」

意外にも、春日井くんは深く追ってこなかった。

なにを訊かれても答えるつもりはなかったので、ほっとする。病気のことは誰にも言いたくない。言う必要もないと思っている。

「最近誰とも一緒にいないのも、なにか思うことがあったんだろうな」

なんでもないことのように話が続く。

なんでもないことだから「そうだね」と返事をする。

「知ってたんだね」

「見てりゃわかるよ」

「同じクラスじゃないんだから見れないでしょ」

きっとわたしのクラスに、仲のいい友だちがいるんだろう。その子から話を聞いたに違いない。これまでいつも鶴ちゃんと羽衣華、ときにはほかのクラスメイトと一緒にいたわたしがひとりで過ごすようになったことは、同じクラスなら誰でも不思議に思うはずだ。

鶴ちゃんと羽衣華は、わたしが〝要領が悪い〟と口にしたことで、数日前の誤送信の内容を見られたことに気づいた。そのあと声をかけられて、メッセージでも謝られた。

それに対してわたしは「もういいよ」と言った。

ただ、以前のようには付き合えないけれど、と言葉をつけ足した。

以来わたしはずっとひとりだ。

たしかにあのメッセージを見た瞬間はショックを受けたけれど、今はなんとも思っていない。むしろどこかで、いいきっかけになったとすら感じている。

わたしが朝の電車の時間をかえたので、通学路で会うことはなくなった。でも教室で目が合えば、挨拶だけはする。

かおりちゃんたちとも、同じだ。なんとなくわたしが怒っているると感じているようで、挨拶以外に話しかけてくることはなくなった。休み時間はひとり机で本を読んで時間を潰《つぶ》している。静かに、ひっそりと。昔、クラスの女の子たちから無視されたときのように。

一度経験済みだからか、今回は自発的だからか、まったく苦ではない。

ちらちらと向けられる視線に落ち着かないときもあったけれど、数日で慣れた。ひとに気を遣わずに過ごせる時間は、悪くない。気楽で自由で、気持ちが軽い。

「ひとりでいるのは、松坂が決めたことなんだな」

「うん。もともと、ひと付き合いが上手じゃないから、わたし」

「そうだな」

そこで間髪を容《い》れずに肯定されると若干複雑なのだが。

少なくともこれまでのわたしは頑張ってそれがバレないようにしていたのに。春日井くんのように自然にひとと付き合えるタイプからすれば、わたしの努力はすぐにわかるものなんだろうか。

「昼はどうしてんの」

「……校内を、ぶらぶらしてる」

「お昼食べてないのか？」

「食べてるよ」

「どこで」

「……階段の、踊り場とか、校舎の裏、とか」

最近は校舎の裏が多い。ちょっと蒸し暑くて狭くて昼間でも薄暗い場所だけれど、誰も通らない穴場なのだ。

はじめは教室で食べていた。けれど、お昼休みは時間も長いせいで居心地が悪くなり別の場所に移動した。いつも一緒に食べていた鶴ちゃんと羽衣華から、気遣うような視線を向けられるのも理由のひとつだ。中庭はけっこうひとの行き来が多いので落ち着かないし、階段の踊り場はひとは来なくとも近くで気配がするとゆっくりのんびりできない。悩んだ結果が、校舎裏だ。

「ふうん」

ふいに冷たさを感じて顔を上げると、春日井くんが笑ったままわたしを見つめていた。

春日井くんは笑っていても怒っているときがある。そして今が、それだ。

「な、なんで不機嫌になるの」

「べつに。やっぱり松坂はなんもかわってないなって思っただけ」

「なんでそう思ったの」

なにかまずいことを言っただろうかと春日井くんに問うと、彼は小さくため息をついて「教えない」と立ち上がった。

「教えてよ」

「やだ。ほら、片付けの続きしないと、十年経っても終わらないぞ」

十年。

さすがにそんなにかかるのは困る。せめて、わたしが生きているあいだには、終わらせたい。でなければそれこそ、後悔となってわたしの胸に刻まれるだろう。

「どした？」

「なんでもない」

首を振って顔を上げると、春日井くんの機嫌は直ったらしく、いつもどおりの様子だった。彼から発せられる冷気はすでになくなっている。

一瞬だったのに、わたしの表情が沈んだことに気づいたのか、春日井くんが「気にしなくていいよ」とわたしに手を差し出した。その手を摑《つか》むと、ぐいっと体を引き上げられる。春日井くんのどこにこれほどの力があるのか、というくらい力強かった。

勢いのついた体が、春日井くんに軽くぶつかる。すると、まあいいよ、と春日井くんがぽつんと言葉をこぼした。

「松坂は、かわらなくてもいいよ。それが、松坂なんだろうし」

顔を上げると、目の前に春日井くんのやさしい微笑みがある。

わたしの胸がぎゅっと締め付けられたのは、ただ、彼の顔があまりに近くにあったから、だ。そのはずだ。そうでなければ、いけない。

「そういや今日も、松坂と付き合ってるのかって訊かれたわ」

「え、あ、ごめん」

「なんで松坂が謝るんだよ」

ちゃんとみんなの誤解を解かないまま、友だちから離れてひとりになったせいだから。

……いや、放課後わたしの教室まで来て「帰ろう松坂」と春日井くんが呼びかけてくるのも原因のような気がする。このままだと誤解されっぱなしになるので待ち合わせ場所をかえようと提案したのだが、面倒くさいと断られた。

一週間で、まわりにはすっかりわたしと春日井くんは恋人として認識されている。

いいんだろうか。

春日井くんはおもしろがっているように見えるけれど、ちゃんと否定してくれているんだろうか。

「そういやさ、もうすぐ中間テストだよな。それ終わったら、どっか行くか」

和室に入り、春日井くんがわたしに背を向けたまま言った。

「なにそれ、デート？」

恋人と誤解されている、ということを考えていたからか、無意識にデートという単語が頭に浮かんで口から出た。

振り返った春日井くんが、驚いた顔をしている。

そこで、自分の発した言葉に気づき、顔が熱くなる。

「あ、ちが、そうじゃなくて！」

ぶんぶんと顔を横に振って誤魔化すけれど、いまさらだ。

なにを口走ったんだわたしは。

「まあ、デートでいいけど」

「よくないでしょ。付き合ってないんだから」

デートって単語を出したのはわたしなのに、こんなこと言うのも変だな。

「呼び方はなんでもいいよ。で、行きたくない？」

「……行きたい」

春日井くんと、デートに行きたい。

でもそれは、声に出してはいけない想いだ。出かけるだけ。それをわたしが勝手に、デートだと思うだけ。心の中でだけなら、今だけなら、いいじゃない。そう自分に言い聞かせる。

どうせ死ぬのだから。

死ぬ前にデートくらいはしてみたい。それだけだ。

今日もより江さんの家はそれほど片付けられないまま終わった。

今のところ出てきたものは読書ノートと過去の雑誌、家電の説明書などで、より江さんの過去にはあまり関わりがない。

明日には別の部屋に取り掛かることができそうだけれど、まだ押し入れの中身を出しただけで確認できていないものもある。まずは続きをしなければ。

春日井くんとは「また明日」とより江さんの家の前で別れた。彼は駅に向かい、わたしは家に向かう。方向が真逆のためわたしたちはいつもそこで別れる。一度家まで送ると言われたけれど、断った。

薬が切れてきたのか、こめかみに親指を押しつけられているような圧迫感に襲われる。

病気がわかってから夜更かしどころか必要最低限の勉強しかしていないおかげか、痛みはマシにはなった。それでも頭痛を感じる時間がある。薬がなければ、四六時中痛んでいたのかもしれない。

「ストレス軽減したってあんまりかわんないじゃん」

目の前にいるわけでもない伯父《おじ》さんに向けて文句を言う。

でも、当然と言えば当然だ。

わたしは今現在、薬以外の処置ができない、いずれ死に至る病気を抱えている。薬を飲んだことで、わずかに、ほんのわずかだけ、妙な期待を抱いていたみたいだ。

「バカだな」

忘れちゃいけないことだ。

わたしは死ぬ。だからこそ今、後悔のない最期を迎えるためにどうにかしようと思っているのだ。

やりたいことを考えなければ。今はまだ、自分の行動をかえただけだ。まわりのひとに対して、無理に気を遣わないようにしただけ。

それだけで随分体が軽くなった。

これからは、その先だ。なにをしたいか、どうしたいか。

今までできなかったことをしてみてもいい。

これまでは〝忘れちゃいけないことリスト〟だったけれど〝死ぬまでにしたいことリスト〟を作ってみてもいい。

前向きなことを考えてどうにか気分を明るくする。

でもずっと、黒いモヤが胸の中に蹲《うずくま》っている。

家に着くと、すでに家族が揃っていた。みんな、わたしの顔を見るなりぎこちない笑顔で「おかえり」と声をかけてくる。わたしは「ただいま」と返事をして自分の部屋に向かう。

わたしの病気を知られてから、家の中にはずっと気まずい空気が漂っている。

週末にはお父さんが帰ってきてひさびさに家族そろって食卓を囲み、ご飯を食べた。相変わらずお父さんは無口で、たまにちらっとわたしに視線を向けてくるだけ。結局お父さんの滞在中に交わした言葉は「調子はどうだ」「大丈夫」「なにかあったら連絡してくれ」「わかった」だけだった。

お父さんは、お兄ちゃんやお姉ちゃんとはよく話すのに、わたしとだと昔からぎこちなくなる。それはきっと、単身赴任で一緒にいる時間が少ないからだろう。

どうかな。どうだろう。ずっと一緒にいてもなにもかわってないかもな。

昔は、そうじゃないと信じていたけれど、今はよくわからない。

制服から部屋着に着替えてリビングに戻ると、すでにダイニングテーブルにご飯が並んでいた。

「そういえば同級生の楠田《くすだ》っていただろ、あいつ、結婚するんだって」

「お兄ちゃんは彼女とまだ結婚しないのー？」

「人の心配する前に菜里は彼氏作れよ」

「もうふたりとも言い合いしないで」

家族の会話をぼんやり聞きながら、苦手なしいたけの入った煮物を口に運ぶ。しいたけはいつまで経っても好きになれなくて、飲み込むのにいつも苦労する。わたし以外にしいたけがきらいな家族はいないから、仕方ない。

でも、お兄ちゃんのきらいな紫蘇《しそ》は食卓には並ばない。

お姉ちゃんが好きじゃないというリンゴをお母さんが買ってくることはない。

お母さんは自分の前にきらいな漬物の小皿を置かない。

わたしだけだ。

たぶん、誰もわたしのきらいな食べ物を知らないのだろう。というか、忘れているのだろう。好ききらいしないで、と何度か言われて無理をして食べるようになったから、もうきらいではないと思っているのかもしれない。

「祈里、最近体調はどう？」

お母さんに声をかけられて、「今は薬飲んでるから大丈夫」と返事をした。食事の時間になると一度は訊かれることだ。するとお兄ちゃんが、

「じゃあ今度、家族で旅行でもしないか」

と言い出した。

家族旅行なんて、久しく行っていない。たぶん、お姉ちゃんが高校生になってからは一度もない。土日や長期休暇はお母さんの仕事が忙しいこともあって、記憶にあるのも二回ほどだ。

「どこがいいかしら。海里、菜里、いい場所知らない？　どこに行きたい？」

「それなら、家族でキャンプもいいんじゃないか？」

「えーキャンプなんてやだ。リゾート地のほうがいいでしょ」

「じゃあ観光名所？」

「父さんの休みに合わせるなら、まずは週末に近場でいいんじゃない？　連休になったら北海道とか沖縄とか行きたいなー」

「みんなが楽しめるところならどこでもいいわよね、祈里」

三人の視線がわたしに集まり、どう反応すべきか戸惑う。

まるで、わたしが旅行に行きたいみたいだ。わたしはそんなことひとことも言っていないのに。場所ですらわたしに選択権はないのに。

行きたいか、とも、どこがいいか、とも、なにも訊かれないまま話が進んでいて、最後に頷《うなず》くことを求められている。

わたしじゃなくて、みんなが行きたいだけだ。

死んでしまうわたしとの、思い出作りが、したいだけだ。

そんなふうに考えてしまうのは、卑屈すぎるだろうか。

「他に、祈里がしたいことはある?」

返事をしていないにもかかわらず、お母さんが話を進めていく。もちろん提案するのはお兄ちゃんやお姉ちゃんだ。家族でご飯を食べに行こうとか、一緒に買い物に行きたいとか。

わたしのことをなにも考えてくれない、というわけじゃない。

家族はみんな、ちゃんとわたしのことを気にかけてくれている。

──ただそれが、いつも、わたしにとってはすこし、違うだけ。

わたしのしたいことを知っているひとは、この中にはいない。

じゃあわたしがしたいことってなんだろう。

「あ、アルバイトがしたい」

考えるよりも先に、口が動いた。

そうだ、アルバイトだ。してみたい。

お弁当を作ることをやめたので、最近は毎日コンビニか売店のパンを食べている。ひとりでこそこそ食べるには手軽で便利だけれど、味に飽きてきたし、なによりお小遣いが心許《こころもと》なくなってきて困っていた。

それに、今度春日井くんと出かけることにもなった。

「そんなのしなくていいのよ。なんでそんなこと言うの」

お母さんは驚いたような顔をする。

高校生がアルバイトをすることに反対なのだろうか。

お兄ちゃんもお姉ちゃんも、アルバイトをはじめたのは大学生になってからなので、まだはやいと思われているのかも。

「なんで？　だめなの？」

「なんでバイトなんかする必要があんの？　そんなことしなくてもいいじゃん」

お兄ちゃんがわたしを諭すように言った。

「もっと有意義なことに時間を使いなよ、祈里」

お姉ちゃんはわたしの発言が信じられないらしく、首を軽く左右に振っている。

「でも、お小遣いもほしいし……お昼代とか」

「足りなくなったら渡すわよ。いくらほしいの。お弁当だって作るんだから」

「いや、いいよそんなの、悪いし」

「なにが悪いんだよ。気にすることないだろ」

なんでこんなに反対されているんだろう。

アルバイトってそんなに悪いことだっただろうか。

「わたしの体調を心配してるなら、大丈夫だから」

今のところ、頭痛以外の症状はない。以前は若干疲れやすい部分もあったのだが、ここ最近はそれもないので、頭痛のせいだったのだと思う。この先はどうかわからないけれど、少なくとも今は大丈夫だ。

「時間を無駄にするなよ、祈里」「そうだよ、もったいない」「やりたいことしていいのよ」「余計なことは心配するな」「祈里は自分のことだけ考えればいい」「もうこれまでのように頑張らなくてもいい」

わたしの大丈夫、という言葉に対して、家族が口々に意見を投げつけてくる。

そこでやっと、反対されている理由がわかった。

わたしが、残り数年の命だからだ。

残りの日々、なんの苦労もせず、したいことだけをしてほしいと、楽しい余命を過ごしてほしいと、そう思っているのだろう。その中に家族旅行や食事は含まれていて、アルバイトをすることは含まれていない、ということだ。

たとえわたしがどれだけ望んでいたとしても。

箸《はし》を握る手に、力を込める。

「でも、わたしのせいで学費がかかってるでしょ。大学はもういいけど、これから医療費がかかるよ」

「祈里はお金のことなんか気にしなくていいの」とお母さんが泣きそうな顔で言う。

「そうだよ、祈里。だからアルバイトなんてやめとけ」とお兄ちゃんは必死な顔で言う。

「ここは家族に甘えておけばいいんだよ」とお姉ちゃんはわたしを宥《なだ》めるように言う。

その様子に黙っていると、お母さんはやさしい笑みを浮かべた。

「祈里がしっかりしていて家族思いなのはわかってる。祈里ならなんでもできると思う。でも、今はいいの」

家族のやさしさを、これほど感じたことはない。

それらすべてが今のわたしの望んでいるものじゃなかったとしても、家族からの言葉にうそ偽りがないことくらいわたしにだってわかる。

でも、なぜそれが、今なのか。

なんで今までそれをしてくれなかったのか。

今までのわたしを、どうして認めてくれなかったのか。

「わたしのせいでお金がかかってるって、言ったじゃない。わたしのためだけにお弁当を作る時間はないって言ってたじゃない。あんまり両親に甘えちゃだめだって、自立しろって」

奥歯を嚙《か》みながら言葉を発すると、「祈里！」とお兄ちゃんに止められた。

「あのときと今じゃ状況が違うだろ。なんでそんな屁理屈《へりくつ》みたいなことを言い出すんだよ。家族を困らせるなよ、祈里」

「じゃあ、アルバイトさせてよ。わたしは、今の状況だからしたいんだよ」

泣くな、と自分に言い聞かせる。

目を見開いて家族の顔をひとりひとり見つめてから、口を開く。

「死ぬ前に、生きているあいだに――」

「……っ、死ぬなんて、縁起でもないこと言わないで！」

慌てた様子で、お母さんがわたしの言葉を遮る。

わたしが〝死ぬ〟とはっきり言葉にしたことに、動揺したようだ。伯父さんから余命宣告されたのに、お母さんはそれをまだ、受け止めきれていないのだろう。

でも。

「縁起でもないこと考えてるのはみんなも同じじゃない」

全員が言葉を詰まらせる。図星だからだ。

「わたしが死ぬからお金のことは気にするなって言ってるんでしょう。家族に甘えて、家族を頼って、この先のわたしの残り少ない日々を穏やかに、なにも考えずに過ごしてもらいたいと思ってるんでしょう」

なんでこんなことを自分の口で言わないといけないんだろう。

でももう、黙っていられない。このままなにも言わなかったら、前と同じだ。見え方が違うだけでわたしの中身はなにもかわらないままだ。そしてその後悔を残して涙を流すことになるはずだ。

そんなのはもう、うんざりだ。

そんな選択は、もうしたくない。

「余命を知らなかったら、そんなこと考えもしなかったくせに」

「祈里」

お姉ちゃんが、声を震わせてわたしの名前を呼ぶ。

視線を向けると、今にも泣きそうな顔をしていた。

わたしよりも何倍も何十倍も、つらそうな表情で見つめてくる。

「これまでとなにもかわらないでいてくれたらまだよかったのに。わたしが死ぬからっていまさらわたしを気にかけるなら、無視されたほうがよっぽどマシだった。どうせ死ぬんだからそれまで今までのように頑張って生きろと言われたほうがずっと、納得できた」

少なくとも、そのほうがこれまでのわたしを認めていてくれたと思えたんじゃないだろうか。こんなふうに手のひらを返されるよりも、家族はわたしのことをちゃんと見ていてくれたと感じられただろう。

箸をおいて、すっくと立ち上がる。

「もう、ほうっておいて。わたしはわたしの、好きにする」

くるりと背を向けると、「祈里、言い過ぎだ」とお兄ちゃんの厳しい声がわたしを引き留めた。

「みんなが祈里を心配する気持ちがわからないのか？」

　わかってるよ。

　だから、こんなに悔しくて、情けなくて、ムカついているんだ。

　そのわたしの気持ちは、家族の誰にも、わからない。いっそ消えてほしいと願うほどの、自分でも不快に思うこの感情を抱いているわたしの気持ちも。


　高校生でもできるアルバイト、というのは思ったよりも多かった。ファミレス、ファストフードはもちろん、スーパーのレジ打ちやパン屋などもある。

　お昼休みの教室で、スマホを眺めて考える。

　接客業かあ。

　声に出さずに独りごつと、眉間《みけん》に皺《しわ》が寄った。

　昨日は好きにしよう、と思ったけれど、いざ考えると不安になる。自分に接客業ができる気がしない。昨日の勢いは家族への反発心のせいだったのかもしれない。一晩経って冷静になると、家族の反対を押し切ってまでしたいのかわからなくなる。

　お母さんたちの気持ちはわかる。死が近づいているわたしが働くことに抵抗を覚えるのは当然だ。

わかっている。わかっているけれど、素直に受け入れるのもなんだか違う気がする。結果、悶々と悩む。

中途半端な自分に嫌気が差してきて、ため息を吐いた。

焦って決めることじゃないか、とスマホを閉じて立ち上がる。

あと五分でも教室にいると、鶴ちゃんか羽衣華が気を遣って話しかけてきそうなので、お昼ご飯を持って出ていかなくては。

「松坂」

おにぎりがふたつはいったトートバッグを手にすると、春日井くんの声が教室に響く。顔を上げると、春日井くんはドアに手をかけてひらひらとわたしに手を振ってくる。

「どうしたの?」

「一緒にお昼食べようと思って」

駆け寄ると、ひょいっと手にしていたお弁当箱を掲げて春日井くんが言った。

教室が色めき立つ。完全に、彼氏が彼女をお昼に誘っている構図だ。

「な、なんで急に」

「なんでって、べつにいいだろ。穴場があるから行こう」

わたしの返事を待たずに、春日井くんが歩きだす。ちらりと教室を振り返ると、鶴ちゃんと羽衣華がわたしを見ていた。ふたりの表情は、おおお、と感動してる感じだった。

まるで、わたしと春日井くんの仲を、喜んでいるようにも見える。その瞳《ひとみ》の中には、微《かす》かにわたしを祝福するようなやさしさがあるようにも。

いいのかなあ……。

ただの誤解が、もう取り返しのつかない誤解に成長している気がする。

春日井くんはそのことに気づいていないのか、気づいていてどうでもいいと無視しているのか、どちらなのだろう。

戸惑うわたしに、春日井くんは「ほら」とわたしを呼んだ。

ここで断ると、春日井くんが振られたみたいに思われそうだ。

一瞬立ち止まりそうになる足に力を入れて前に動かす。

まあ、いいか。まわりを気にするのはやめよう。今はわたしを誘ってくれた春日井くんについていくことにしよう。そう思って彼の背中を追いかける。

案内されたのは、校内のはしにあるテニスコートのそばだった。テニスコートのフェンスと敷地を仕切る塀に挟まれているけれど、観戦ができるようになっているためかけっこう広さがある。たしかにここは穴場だ。校舎からすこし離れているから生徒も見当たらない。

「こんな場所があったんだ」

「前に友だちとかくれんぼしてたときに見つけた」

「かくれんぼ」

そういうことするんだな。でも、楽しそうだ。

すみっこにはベンチもあり、春日井くんはそこに腰を下ろした。わたしもとなりに座り、ほっと息をつく。

最近は狭くて暗い校舎裏でご飯を食べていたし、家でも息苦しさを感じていた。だから、広さを感じるこの場所はすごく落ち着く。ここなら、ゆっくりとフェンス越しの広々としたテニスコートを眺めながら過ごすことができる。

息が、しやすい。

気づいていなかったけれど、わたしはずっと、気を張っていたのかもしれない。そんなものはもう手放したと思っていた。

春日井くんは持っていたお弁当を膝《ひざ》の上で広げ出す。大きなお弁当箱には、ご飯といくつかのおかずが詰められていた。それだけではなく菓子パンと紙パックのジュースも取り出しベンチに置く。わたしも自分のお昼を取り出す。

「松坂のおにぎり、でけえな」

「ああ、中におかずが入ってるから」

これはきんぴらごぼうと豚肉、こっちは胡麻和《ごまあ》えと卵焼き。わたしが説明すると、春日井くんはへえと感嘆の声を上げる。

「もしかして、いつも自分で作ってんの？」

「前は作ってたけど……。しばらくサボって、売店とかコンビニだった。で、今日久々に作っただけ」

「松坂は、自分で自分のことするよな」

褒められているのかと顔を上げると、彼は呆れたような表情でわたしを見ていた。

「なんでそんなに自分のことは自分でしようとしてんの？」

「……なんで、って。自分のことだから」

「まあ、そうなんだろうけど。でも、自分のことならなんでも自分でしなきゃいけないこともないだろ。おれは自分の弁当自分で作ってないし。松坂から見たらおれは自分のことも自分でしないやつになるのか？」

首を振って否定する。

そうは思わない。でも、自分のことは自分でしなくちゃいけない、という気持ちもかわらない。

だから、否定はしたものの返す言葉が見当たらず、なにも言わずにおにぎりを包んでいたラップを剝《は》がし、頰張った。春日井くんはわたしの気持ちに気づいたのか、自分も箸を持ってお弁当を食べはじめる。

そよそよと、風が吹く。

「ばあちゃんも、そういうひとだったってさ」

ふいに、春日井くんがより江さんのことを話しはじめた。

「母さんはばあちゃんが復縁、つーのか、そうなってから、年老いたばあちゃんのひとり暮らしが心配だから、あれこれ世話をしようとしたり、近くに引っ越してきたらどうかって言ったりしてたんだって」

「より江さんは、断りそうだね」

「そう。そのたびにそんなものいらない、年寄り扱いするなって怒ったんだってさ。でもおれは、それがばあちゃんの意地にしか思えなくて、子ども心にもどかしいなあって感じてた。引っ越しはともかく、心配や手助けは、受け取っても損にはなんないのにって」

傍《はた》からはそう見えるのか。

わたしには、なんでもひとりでできるひとだとしか思えなかった。

きっとより江さんは、自分でさまざまな選択をしてきたから、その選択に自信を持っていたんじゃないか、とも思う。

だからこそ。

「迷惑かけたくなかったんじゃないかな」

「だろうな。でもそれで後悔しながら死ぬとか、意味わかんなくない？」

そうを言われると、たしかにそのとおりだ。

「でも母さんも、もっとしつこく声をかければよかったたって言ってた。それを聞いて、差し出した手を無視するって、双方にあんまりよくないことだなと思った」

「……そうかも、ね」

おにぎりを見つめて、同意を口にする。

親切心を無下にされるのは、悲しいだろう。それがただの親切ではなく、よく知る相手のためを思えばこその、愛情からくるものであればなおさらだ。

昨日、家族はみんな、傷ついた顔をしていた。わたしの体を心配して、わたしのためにとお母さんはアルバイトを止めた。わたしのこの先の日々が楽しくなるようにと、いろんなことをしようと提案をしてくれた。それは、わたしに手を差し出す行為だったのだと思う。

思うことはたくさんある。

でもやっぱり、わたしの発言は、みんなを傷つけたんだろう。

わたしはきっと、家族の気持ちがわからない、冷たい娘なんだろう。

今も、わたしはなんの申し訳なさも感じていないから。

わたしは——そんな自分に傷ついている。

家族を大事に思っていたはずなのに。

わたしはこんなに性格の悪い、ひどい人間だったのか、と。

「松坂も、無視するタイプだよな」

「……そうだよ」

「あ、自覚あるんだ。そんなことないって言うかと思った」

明るい春日井くんの口調に、ムッとする。

「手を差し出すのは、助ける側だけじゃないよ。助けを求める側も、手を差し出すんだよ。それを無視したことがある相手の手を、摑もうとは思えないじゃない」

「そうだな」

あっさりと認めるのも、ムカついてしまう。

なにを言っても負け犬の遠吠《とおぼ》えみたいな無意味さを感じて、目を逸らした。

「松坂にとっては、助けを求めて無視されることが、誰かを助けようと手を差し出して無視されるより、いやなんだな。ま、そりゃそうか」

わざわざ確認するかのように口に出さないでほしい。

ここでそうだと認めたら、なんだか、自分がすごく情けない惨めな存在のように思われそうだ。そんなことないのに。かつてはそうだったとしても、今のわたしにとっては、いまさらのことだ。

「おれ、助けを求めたときに無視されたことないから、松坂の気持ちはよくわかんないんだけどさ」

はっきりと言い切る春日井くんを羨《うらや》ましく思う。

彼がどんな家庭で過ごしてきたのかは知らないので、幸せか不幸せかをわたしが判断することはできない。ただ、それでも、羨ましい。自分の手を掴んでくれるひとが必ずいてくれるのは、心底、羨ましい。妬《ねた》ましいくらいだ。

「わかんなくていいよ、こんなの」

家庭とかの問題ではなく、春日井くんだからなのかもしれない。

誰とでも親しくできる彼だからこそ、彼の手は誰かが必ず、見つけてくれるのだろう。

「わかっちゃったら、差し出された手を振り払っても、相手がその痛みに顔を歪《ゆが》めても泣いても叫んでも、なんの罪悪感も抱けない人間になるよ」

わたしみたいに。

口にしかけて、慌てて呑み込む。

春日井くんに、なにをしゃべっているんだろう。こんなのは八つ当たりでしかない。

口を塞《ふさ》がなければと、おにぎりを口の中に詰め込んだ。ぎゅうぎゅうにしてしまえば、なにも話せなくなる。

「じゃあ、やっぱり無理やり摑むしかないな」

突然、横から伸びてきた手にひょいっとわたしの手にしていたおにぎりを奪われた。

「な、なにふ」

まだ口の中のものを飲み込めないせいで声がちゃんと出せない。

なにが目的でそんなことをするのか全然わからないけれど、とにかく食べかけのおにぎりは返してほしい。取り返そうと手を伸ばすと、春日井くんは空いているもう片方の手で、わたしの手を摑んだ。

「こんなふうに」

「……え？」

そしてわたしの手に、おにぎりを返す。

「だから松坂はそのまま、めんどくさいままでいいよ」

ぽかんとしているわたしを無視して、春日井くんは食事を再開させた。ぱくんぱくんと、続きを言わずに食べ続ける。

いや、どういう意味だ。めんどくさいって言われたよね。え、なんで。

必死に咀嚼《そしゃく》して口の中をからっぽにしてから「なにが」とやっと彼に訊くと、ちょうど空になったお弁当の蓋《ふた》を閉めるところだった。そして次に菓子パンの袋を開ける。

「なにがって言われても、そのままの意味だけどな」

「それがわからないんだけど」

「松坂がこれまでどう過ごしてきてなにを思って今に至るのか、おれはわかんないから。おれの家族は、ばあちゃんが母さんを捨てた過去があるだけで、それ以外はとくになんの問題もないしな。松坂の気持ちも想像することはできるけど、それ以上は無理」

もぐもぐとパンを食べながら春日井くんは説明をしてくれた。

「わかるよ、とか、こうしたら、とか、これが正しいとか間違ってるとか、おれには言えないなって。ばあちゃんくらい生きたらひとに言えるようになるかもだけど」

これまで、春日井くんはどんなふうに過ごしてきたんだろう。

空に視線を向けながら、自然体で彼は言葉を紡いでいく。

心地よい彼の声が、空気に溶け込んでいく。

「なにより、ひとが抱いた感情の正解不正解を他人が口出すのっておかしくないか？　おれが楽しいとか悲しいとか思ったことに、誰かがそんなの変だって言ったら、うっせーなってなるじゃん」

どうしたら、こんなにもわたしに踏み込まず、それでいて突き放しもしない考え方ができるんだろう。

「だから、おれが松坂の考えをめんどくさいなって思っても、松坂はその考えなんだろ。ならそれに対しておれはなにも言えないからそのままでいいんじゃないかってだけ」

言葉だけなら、匙《さじ》を投げられているように思えないでもない。

「だから、めんどくさくていいんだよ」

顔を横に向けて、春日井くんがわたしを見る。

彼の目はやわらかに細められていて、その瞳は澄んでいる。

そこには、ちゃんとわたしが映っているんだと、わかる。

彼から紡がれて溶けた言葉が、わたしに染み込んでくる。

瞬きができない。わたしの目頭が熱くなってくるのは、そのせいだ。

「ただおれが、無理やり松坂の手を摑めばいい。さっきみたいに」

「……春日井くんがおにぎり奪ったのに？」

「そう。教室に押しかけて、ここまで連れてきたみたいに」

にやりと笑った彼を見て、春日井くんは、昨日わたしが校舎裏でお弁当を食べていることを知ったから、一緒に食べようと言い出したのだとわかった。

「松坂は、おれを利用したらいいんだよ」

「なに、それ」

春日井くんを見ていられなくて、視線を足元に向ける。

なぜかわからないけれど、泣きたくなる。

悲しいわけじゃない。

これは、安堵《あんど》と、歓喜だ。

「春日井くんは誰にでも、そんなにやさしくて、寄り添って、相手を尊重するんだね。すごいな……」

それでいて自分の意見もちゃんと伝えられるのは、なかなかできることじゃないと思う。

わたしにそんなやさしさやいたわりがほんのかけらでもあれば、家族にもうすこし、歩み寄れたんだろうか。いまさら遅いよ、と思うことはなかったんだろうか。

でもわたしは春日井くんじゃないから、春日井くんがやさしくしてくれても、いまだにそんなふうには考えられない。

「そんなわけないだろ」

くしゃっとパンの入っていた袋を握りつぶして、春日井くんははっきり否定する。

「松坂だからだよ」

必死に押さえつけていた芽が、ぐんっと勢いよく伸びた。体中に根を張って、胸から感情が溢《あふ》れ出てくる。

「おれと松坂、付き合ってるって噂になってるだろ。ならそれを利用したらいいと思わないか？」

今すぐ消したいほどの明るさが胸に灯る。

光源に手を伸ばして摑みたい。でも、怖くて近づけない。

それでも、もう、それを消すことはできない。

「松坂は、おれっていう彼氏に、一緒にご飯食べようって声をかければいいんだよ。なにもおかしいことはないだろ」

「……誤解なのに?」

「まわりが付き合ってると思ってるなら、真実はどうでもいいじゃん」

なんでそこまでして、わたしのそばにいようとしてくれるんだろう。

どうして、彼氏じゃないのに、彼氏になろうとしてまで、わたしにやさしくしてくれるんだろう。

そんなことされたら、認めざるをえない。

見て見ぬふりはできない。なかったことにもできない。

わたしは、春日井くんが、好きだ。

今となってはいつから惹《ひ》かれていたかもわからないくらい、好きだ。

──『ひとりで、まわりの大切なひとと、ちゃんと生きなさい』

はじめて会ったとき、より江さんは煙草を吸いながらわたしに言った。

家族がいないからこそ、より江さんはわたしにそんなことを言ったのだと思っていた。

でもより江さんには、家族がいた。それでもより江さんはひとりでいた。

より江さんには、まわりに大切なひとが、自分を大切に想ってくれると感じるひとが、いなかったのかな。

わたしも、より江さんにとってのそんなひとには、なれなかった。

だから、春日井くんみたいなひとを好きになったのかな。

つまらなそう、と、当時の自分が気づかなかった日々に気づいてくれたひとだから。

「……うん」

頷くわたしに、春日井くんは満足そうに微笑む。

そして、

「明日も明後日も、来月も、来年も、いつまでも一緒にお昼を食べてやるよ」

先のことを口にする。

今だけではなく、未来の単語に、一瞬想像力が働いた。

それを、すぐさま黒く塗りつぶす。考えてはいけないことだと自己防衛が働く。これは、だめだ。

「教室戻るか」

立ち上がった春日井くんは、ごく自然に、わたしに手を差し出す。

わたしは一瞬躊躇《ちゅうちょ》して、けれど、その手を握り返した。

一度でも受け入れたら、もう二度と暗闇にいられなくなるくらいの、あたたかな灯りだ。

それに包まれたら、幸せだろう。でもそれは、いずれわたしを蝕《むしば》んでいくだろう。

消さなければいけない。
消えなければいけない。
なのにわたしは、春日井くんのこの手を、放せない。

Ⅳ　死ぬまでに、きらわれたい

十月も中旬になり、より江さんの庭からキンモクセイの香りは消えた。かわりに、落ち葉が増えてきて、別の花の香りが入り乱れた。花壇にはチョコレートコスモス、脇にはリンドウ。

名前を教えてくれたのは春日井くんだ。

「チョコレートコスモスの花言葉は〝移りかわらぬ気持ち〟だってさ。このひとに向けてのもんなのかな。それか、このひとからばあちゃんに、かな」

春日井くんは縁側であぐらを組みながら、アルバムを見て呟《つぶや》く。

その写真には、若かりし頃のより江さんと見知らぬ男性が写っていた。

アルバムは、和室の押し入れの上部にあった箱の中に入っていた。白黒の写真の中で、二十代くらいのふたりは穏やかな笑みを浮かべている。ちょっと恥ずかしそうにしているより江さんはかわいらしく見えた。

もちろん、男性は春日井くんの祖父ではない、らしい。

一冊しかなかったそのアルバムの中の写真はすべて、その男性か、ふたりで撮ったものだった。

「幸せそうだね」

「そうだな」

おそらく、春日井くんの祖父の元を去ったあとだろう。なにがどうなってより江さんがこの男性と一緒になろうと思ったのかはわからないけれど、間違いなく、幸せそうだ。背景に写る今わたしたちのいるこの家で、ふたりは微笑んでいる。庭の写真も多く、手入れをしているのは主に男性だったことから、このひとがこの庭を造ったんだとわかった。

だから、より江さんは庭を大事にしていたんじゃないかな。

「でもまだ、よくわかんないな。これ以外になんも見つけられてないしなあ」

「箱の中にもこれと、アクセサリーがいくつかしかなかったもんね」

きっとふたりにとって思い出の品なんだろう。とても綺麗《きれい》な状態で保管されていた。宝石は付いていなかったことから、ふたりはそれほど裕福ではなかったように感じる。だからといって価値がないわけではない。むしろ、だからこそなによりも貴重なものだったんじゃないかな。

より江さんは、本当にこの男性が好きだったんだろうな。

すでにいた、家族よりも、ずっと。

けれど、その結果残ったのは、後悔だった。

こんなにも幸福に満ち溢《あふ》れた顔をしているのに。

わたしと出会ったときにはすでにひとりだったより江さんは、どんな気持ちでこの家で暮らし続けていたんだろう。

――『ひとと生きるために、自分がやるべきたくさんのことを見つけて、選んで、それを自分でやる。そしたら、後悔しないで済むかもね』

あの頃のより江さんはまだ、後悔しないで済むように生きている途中だったのかもしれない。

「日記とかねえのかな」

「……見つけたら、読む？」

「そりゃあ。松坂だってそのためにこうして片付けてんじゃないの？」

はじめはそのつもりだった。今もより江さんのことを知りたい気持ちはある。

でも実際見つけたら、わたしは躊躇《ちゅうちょ》するだろう。

より江さんは、こんなふうに過去を暴かれたくないのでは。そう思いつつも、結局は知りたいという欲を我慢できないだろう自分の身勝手さに、後ろめたくなる。

「そろそろ帰るか」

黙っているわたしを待たずに、春日井くんが立ち上がった。

彼と話しているとこういうことがよくある。疑問形で話しかけたのにわたしの返事を聞かずに別の話に変えたり、終わらせたり。わたしの返事にはそれほど興味がないのか、相当なせっかちなのか、どちらかだろうと思っていた。

でも春日井くんは、わたしがなにを言えばいいのかわからないことを察しているのかもしれない。

最近はそんなふうに思う。

より江さんの家は半分ほどが片付いた。途中、中間テストがあり作業が中断したものの、それなりにいいペースだと思う。片付けの段取りがうまくなったんだろう。

けれど、今のところより江さんの過去にかかわるものは、今日見つけたアルバム一冊だけだ。

「おれ、雨戸閉めてくるわ」

「あ、うん」

使用したグラスを持って立ち上がると、立ちくらみに襲われてバランスを崩した。

転んでしまうと咄嗟《とっさ》に踏ん張った瞬間——後頭部に釘《くぎ》が打ち付けられたような痛みが走る。

「松坂！」

春日井くんの大きな声と、グラスが割れる音が響く。

膝《ひざ》をついて頭に手を当てる。

「怪我は？」

「ご、ごめん。大丈夫」

一瞬の痛みだったようで、今は残像のような鈍い痛みが残っているだけだ。

再び立ち上がろうとするわたしの体を、春日井くんが支えてくれた。足を踏み出すと、すぐさま彼が「破片があるから」と引き留める。

「頭痛ひどいのか？」

「立ちくらみしただけ」

春日井くんは眉間《みけん》に皺《しわ》を寄せて心配そうにわたしの顔を覗《のぞ》き込んでいる。

「ちょっと座ってて。これはおれが持っていくから」

縁側のすみに移動させられて、無理やり座らされた。春日井くんは落ち着いた様子で箒《ほうき》と塵取《ちりと》りを持ってきて、散らばったグラスの破片を集める。それを流しに運んで戻ってくると、わたしの手を取りゆっくりと引き上げる。

「家まで歩けるか?」

「もう大丈夫。ごめん、帰り際に」

洗い物をしようと思ったのに、グラスを割るわ、片付けもさせてしまうわで、申し訳ない。

「そういや松坂、中間の結果どうだった? おれ現国ボロボロだった」

しょんぼりするわたしの気持ちを明るくさせようとしてくれているのか、春日井くんが弾んだ声で他愛のないことを話しはじめた。

「まあ、そこそこかな。一学期の期末とあんまりかわらなかったかも」

「それはそこそこじゃなくて結構できたってことじゃねえの? 松坂、一年から勉強はできてたし」

話しながら縁側の雨戸と窓をしっかり閉めて、ふたりで玄関に向かう。

家を出ると自然と、わたしたちの手は重なっていた。

最近は、学校以外では毎日のように手を繋《つな》いでいる。玄関から春日井くんの自転車がある場所までの、たった数秒のあいだでも。まるで恋人同士のように、自然にそうしている。

わたしたちの関係って、なんなんだろう。

放課後は一緒に過ごし、テスト前はより江さんの家で勉強もした。お昼だっていつもふたりきりで食べている。

でも、付き合っているわけじゃない。

まわりには彼氏彼女だと思われているけれど、わたしは春日井くんに気持ちを伝えたことはない。春日井くんがわたしをどう思っているのかも、わからない。

きらわれていると思っていたのが、違ったっぽいな、くらいはわかるけれど、それだけだ。

「聞いてる?」

ひょいっと腰を折って春日井くんがわたしの顔を覗き込んできた。

至近距離にある彼の顔に、驚いたりどきどきしたりすることも減った。

かわりに、心臓がきゅうっと締めつけられる。

「うん」

だから、わたしは目を逸《そ》らす。

足元には、わたしたちの影が長く伸びている。

夏の終わりを感じると、日が沈むのがはやくなった。それに気づいたのはわたしよりも春日井くんのほうがさきで、「家に着く頃には真っ暗だろ」とこの前の休日、突然より江さんの家まで自転車でやってきたのだ。

わたしを家まで自転車を押しながら送ってから、自転車に乗ってより江さんの家の前を通り自宅に帰る。

さすがにそれはすごく時間がもったいないし迷惑をかけると断ったけれど、春日井くんは「おれが心配なんだよ」とむすっとした顔で言って、結局わたしが根負けして今に至る。

でもどうしても、申し訳ない気持ちがなくならない。

だからいつも「ごめんね」と言ってしまう。

「無事テストも終わったし、そろそろどっか行くか。どこ行きたい?」

「え?」

「どっか行こうって話してただろ。行きたいところとかある?」

テスト前に、デートに行くという話をしたことを思い出す。

てっきり、その場限りの思いつきの話だと思っていた。あれから一度もデートという単語が出てこなかったのもある。

「映画とか?　カラオケ?　デートってどこ行くんだろな。松坂なんかいい案ない?」

「海とか?」

なぜか、目の前に海と空が広がる光景が浮かんだ。

「海と、空が、広がるところとか、いいな」

「海か、遠いな」

たしかに、海に行くにはなかなか時間がかかる。港なら一時間ほどだけれど、わたしの思い描いた海は浜辺で、そこへ行くには二時間はかかるだろうか。

友だちだけで行ったことはない。家族でも、かなり幼い頃に、お父さんの運転する車で行ったっきりだ。十年は海なんて見ていない。

「松坂、海好きなのか?」

海は好きじゃなかった。潮風はベトつくし、潮の匂いもちょっと苦手だ。泳ぐことも好きではないのでプールにも行かない。

「より江さんの部屋にあった写真集に海のがあったから、実際に見たくなっただけ」

頭の中に小さな風船があるみたいな、鈍い痛みが続いている。

広々とした景色に囲まれたら、マシになるような気がする。ぱんっと弾《はじ》けてしまっても、大丈夫なんじゃないかと思えてくる。

より江さんも、なにかを抱えていたから海が好きだったのかな。

そんなはずないか。海を好きなひとがみんな、鬱屈《うっくつ》したものを秘めているわけではないだろう。

「まあ行けないこともないから、行くか?」

「……ううん、冗談。そういえば春日井くん、観たい映画があるって言ってたよね」

「ああ、来週か再来週に公開だったっけ。それにする? 海はせっかくだし、来年の夏とかにするか」

当たり前みたいに来年の話をされて、言葉に詰まった。勘のいい春日井くんに気づかれないように、すぐさま「またそのときに考えよう」と笑って誤魔化す。

来年。

口の中で転がすように呟く。

来年のわたしは、どんな気持ちで生きているんだろう。

死ぬことを受け入れて、身軽な気持ちで過ごそうとした。最低でもあと三年あるのだから、まだまだできることはあるはずだ。
□常に目的とそこに至るまでの道のりを考える
いつだって数年後の自分を想像し、目標を立てていた。

なのに、今はなにも思い描けない。たった一年後のことですら。

いつかくる〝明日〟の終わりは、どれだけ思い描こうとしても黒く塗りつぶされている。

「また話聞いてないだろ」

「え、あ、ごめん」

ハッとして顔を上げる。

真っ暗な地の底にいたみたいだったのが、春日井くんの声で地上に戻る。

彼のわたしを見つめる瞳《ひとみ》に、自分が今どこにいるかが、わかる。となりに春日井くんがいなかったら、わたしはあのままずっと、地中深くのなんの光も届かない穴蔵で蹲《うずくま》っていた。

救われた気分になる。

でも、足元はまだ、心許《こころもと》ない。

「なんか悩みでもあんの？　聞くしかできないけど聞こうか？」

わたし、三年から五年のうちに死ぬんだってさ。

なんて、言えるわけがない。

「ううん、なんでもない。ぼーっとしちゃっただけ」

「相変わらずだよな、松坂は」

「ぼんやりするのが癖みたいで。ごめん気をつけるね」

呆《あき》れたように言われて謝る。謝ったのに、より一層呆れたような視線を向けられた。

「前から思ってたけど、松坂って謝るのが好きだよな」

ふっと脳裏により江さんが浮かぶ。はじめて会ったとき、より江さんに似たようなことを言われたっけ。春日井くんは、より江さんと似ているところがある。

「謝るなら、いっそ最低最悪の行為をすればいいのに」

こういうところは、春日井くんならでは、だ。意味わかんない感じが春日井くんだ。

「最低最悪の行為って、たとえばどんなの？」

「他人を傷つけるのも厭《いと》わず、好き勝手するってことだな」

「えー、なんだろ。万引きとか？」

「うわ、犯罪じゃん。引くわ。松坂、そんなことしたいんだ」

「たとえばだよ。したくないし、しないし」

「んじゃ好き勝手じゃねえだろ。松坂がしたいことをするのが、好き勝手、だよ」

なかなか難しいな、好き勝手って。

うーんと首を傾げて考えていると、春日井くんがわたしのカバンを手に取った。そしてそれを自転車の前カゴの中に入れる。自分のカバンは肩にかけたままで。

「好き勝手にしろよ。そんで、おれに謝ってよ」

「わたしは最近結構、好き勝手してるつもりなんだけどな」

学校もサボったし、家族にも冷たくしたし。春日井くんに来るなと言われたのに、より江さんの家にしつこく足を運んだし。これまで仲が良かった友だちとも距離を置き、ひとりのんびりと過ごしている。

今のわたしは、なかなか自由気ままに過ごしている。

まだこれといってしたいことを見つけられてはいないけれど、悪くない日々だ。それ以前のわたしと比較したら、なかなかかわったと思う。

でも、

「その程度で好き勝手のつもりなのが、松坂だな。まだまだブレーキぶっ壊せるだろ」

春日井くんは断言する。

「まるで、わたしの好き勝手の度合いを知っているみたいだね」

「知るわけないだろ。ただ、知りたいだけ」

知らないから、知りたい。

それって、知っている、よりもずっと、相手を近く感じる。

「そういうときの松坂が、どんなふうに笑うか、見てみたい」

そう言った春日井くんは、わたしが今まで見たこともないほどの、満面の笑みを浮かべていた。

まだまだ、知らなかった春日井くんがいる。

わたしは、新しい春日井くんに触れるたびに、胸を締めつけられる。


家の前で、春日井くんが自転車に跨《また》がった。

「じゃあまた明日」

わたしが門を潜ると、そう言って走り去っていった。すぐに小さくなっていく彼の背中を見送ってから、家の中に入る。

「ただいま」

「おかえり、祈里」

いつからいたのか、玄関にお母さんが立っている。以前は友だちと用事があるとき以外は学校が終わればすぐに帰宅していた。今は毎日より江さんの家に寄っているので、帰ったときすでにお母さんが帰宅しているのは当たり前の光景だ。でも、出迎えられるのははじめてだ。

「最近ずっと、帰りが遅いけど……」

「うん、友だちと、会ってるから」

より江さんの存在を知らないお母さんは、今わたしが春日井くんとしていることも知らない。隠しているわけではないが、説明するのが面倒なので伝えていない。

「祈里、あの子と、付き合ってるの？」

一緒に帰ってくるのを、何度か見ていたのだろう。

そう勘違いするのはおかしいことじゃない。そして、心配することも。

ほうっておいて、とわたしは家族に言った。

だからって、家族がわたしをほうっておくことはない。毎日顔を合わせ、挨拶《あいさつ》をして、晩ご飯を一緒に食べている。クリニックにも一緒に行った。

高校生のわたしは、ひとりで生きているわけじゃないんだなと、思い知らされる。

ひとりではなにもできないくせに、ほうっておいてと言うなんて、癇癪《かんしゃく》を起こした子どものようだ。

「病気のこと、ちゃんと伝えてるの？」

お母さんの質問に、二階に移動しようと階段にかけた足が止まり、体が小さく震える。それだけでお母さんはわたしが彼になにも言っていないことを悟った。

「祈里、大事なことを隠してお付き合いだなんて」

「やめなよお母さん」

お姉ちゃんの声が聞こえて振り返ると、缶ビール片手に壁にもたれかかったお姉ちゃんがわたしに厳しい視線を向けていた。

「祈里の好きなようにさせてあげればいいじゃん。高校生のお付き合いなんていつまで続くかもわかんないしさ」

「そうかもしれないけど」

「あたしなんて高校のとき一ヶ月で別れたこともあるよ」

ねえ、と笑顔で同意を求められたけれど、わたしはただじっとお姉ちゃんの顔を見ることしかできなかった。

お姉ちゃんはわたしがどういう反応をするのかわかっていたようで、「好きにしたらいいよ」と缶ビールに口をつけて繰り返し、

「祈里には、あたしたちの気持ちがわかんないんだから」

笑顔で、けれどそっけなく、言い放った。

お母さんは「菜里」とお姉ちゃんの名前を呼んで嗜《たしな》め、そしてわたしを一瞥《いちべつ》する。

今日はお姉ちゃんの日だったか、と心の中で呟く。

昨日はお兄ちゃんに「いつまで意地を張るんだ」「そろそろみんなの気持ちも理解したらどうだ」と言われた。お母さんは口にしないものの、わたしを腫《は》れ物のように感じているのがありありと伝わってくる。

家族にとってわたしは、心配している家族の気持ちを無視して自分勝手に振る舞っている子どもなのだ。自分でも自分のことをそう思っている。

わたしがいなければ、この家の中は穏やかになるのかもしれない。

せめてわたしが家族への態度を改善すればいい。

でも、それができない。

しなくちゃいけない、とも思えない。

それを家族から求められれば求められるほど、なにもする気が起きなくなる。

家にいると気まずい。でも、以前のように家族に気を遣うことがないのは、とてもラクだ。

お兄ちゃんやお姉ちゃんと比べることもしなくていい。家族に〝わたし〟という存在を認めてもらおうとしなくてもいい。

それはすごく、息がしやすい。

「今まで学費やらなんやら苦労せずに過ごせたのはお父さんとお母さんのおかげなのにさ。病気で神経質になってるのはわかるけど、もうちょっと家族の気持ちを考えたらどうなの。このままでいいの？」

お姉ちゃんは独り言のように話を続けていた。

「そのくせちゃっかり今も家で家族に甘えてるじゃない」

「わたしが、家を出ればいいの？」

そうすればお姉ちゃんは納得するんだろうか。

「そういうところだよ！　なんでわかんないの祈里は！　急にヘソ曲げて意地を張って！　残り三年だか何年だか知らないけど、それならそのあいだ親孝行しようとか思わないの？　お母さん毎日泣いてるんだよ！」

声を荒らげたお姉ちゃんに、お母さんが慌てて駆け寄る。

「もういいから、菜里。お母さんは気にしてないから」

お母さんはお姉ちゃんを宥《なだ》めるように抱きしめる。

「祈里も気にしないでいいからね。お姉ちゃんはお母さんのために言っただけだから。祈里を責めてるわけじゃないの。ほら、お酒も飲んでるし。悪気があったわけじゃないの」

「……うん」

「なんで甘やかすの！　ちゃんと言いたいこと言わないと！　病気だからってひとを傷つけるようなこと言っていいわけないいじゃない！」

お姉ちゃんが叫ぶ。お姉ちゃんの瞳には、涙が浮かんでいた。怒っている。けれど傷つけられて悲しんでもいる。

お母さんは「いいからいいから。そんなの気にしてないの」とお姉ちゃんを落ち着かせる。

お姉ちゃんとケンカしたときのことを思い出す。

年が離れていたので滅多に言い争うことはなかったけれど、ときどき、お姉ちゃんとわたしがひとつしかないケーキを欲しがったとか、わたしの本をお姉ちゃんが汚したとか、お姉ちゃんがわたしに本を貸してくれないとか、そういった些細《ささい》なことでケンカに発展することがあった。

お母さんはいつも、お姉ちゃんを宥めた。

それはいつも、泣くのも叫ぶのも、お姉ちゃんだったから。

だから結局いつも、お姉ちゃんの希望がとおった。そうでなければお姉ちゃんはずっと泣き続けていただろうし、機嫌も直らなかっただろう。そして、お姉ちゃんは自分が満足する結果になれば、途端に笑顔になった。

今ここでわたしが「ごめん」と言えば、お姉ちゃんは満足するだろう。そうすれば、お姉ちゃんはいつものように笑ってくれるだろう。なにごともなかったように、もういいよ、祈里の気持ちもわかるよ、とか言って、やさしく微笑んでくれるだろう。

謝らなければ、悪化するだけだ。

このさき何度も、同じようなことが起こる。

脳を圧迫する風船が、さっきよりも膨らんだ気がした。

——『謝るのが好きだよな』

べつに、謝るのは好きじゃない。謝るのがいちばん手っ取りばやいのを知っていて、くせになっているだけだ。それに気づいて、かおりちゃんには謝らなかった。

ただ、今はわたしが悪いから謝るべきだ。お姉ちゃんの言っていることは間違っているわけじゃない。わたしのせいだという自覚はある。

でも。

——『謝るなら、いっそ最低最悪の行為をすればいいのに』

——『好き勝手にしろよ。そんで、おれに謝ってよ』

「ごめんね」

謝罪の言葉を紡いだ口の端が、引き上がっているのがわかる。

「わたしこれからは、好き勝手にするから。さきに、謝るね」

事前に謝るのは、なかなか自分勝手だな、と思った。


和室の押し入れの衣装ケースの奥から、ボロボロになった紙袋が見つかった。

「なにこれ、ゴミ?」

引き出すと、ところどころが破けていて、それほどの重さはないのにビリッと小さな音が鳴る。中にはいったいなにが、と覗いて見ると、黒色のゴミ袋が入っていた。

思わず春日井くんと顔を見合わせる。

「やっぱりゴミかな」

「かたく結ばれてるしなあ……」

かといって確認もせずに捨てるわけにもいかない。おそるおそる春日井くんがゴミ袋に手を伸ばして持ち上げた。カサカサと紙が詰まっている音がする。念のために匂いを確認するが、とくになにも感じなかった。

とりあえずは、生ものではないようだ。

再び春日井くんと顔を見合わせ、今度は袋の口を解く。

「紙だな。あと、本とか、写真、かな」

破られた紙や、ぐしゃぐしゃに丸められたなにかが詰め込まれている。

中に手を入れてそのうちの一枚を取り出すと、文字が書かれていた。

「手紙、かな。より江さんの字かな」

破れているので、読めるのは〝あのとき会わ〟と、二行目の〝ぼくのせ〟という文字だけだ。欠けている文字を脳内で補う。二行目が〝ぼくのせい〟なのだとすれば、その前の一文は〝会わなければ〟という言葉が浮かぶ。

「書いたのは、ばあちゃんの、彼氏、かな」

春日井くんの言う彼氏とは、より江さんが家族を捨てて一緒に過ごしたらしい、先日見つけた写真のひとのことだろう。

袋の中身を畳の上に広げると、手紙のほかに写真のカケラらしきものもあり、それらをパズルのように組み立てる。

「……病気、だったのか」

出来上がった数枚の写真には、病院のベッドで横になる男性が笑顔で写っていた。けれど、先日の写真のようなやさしい表情ではなく、ひどく疲れて見える。顔も首も、ほっそりとしていて明らかに体調が悪そうだ。

看病に疲れたのかベッドのそばで眠ってしまったより江さんの寝顔の写真もあった。この家の庭に咲いている花が写っているものもある。チョコレートコスモスや、キンモクセイ。

どうやら秋に撮った写真のようだ。

「手紙は、何通かあるっぽいな」

一枚一枚、文字を見て、繋ぎ合わせていく。

そのほとんどが、男性の後悔だった。

〝きみに申し訳ないことをした〟

〝あのとき会わなければよかった〟

〝ぼくのせいだ〟

〝きみと出会うべきじゃなかった〟

〝きみを好きにならなければよかった〟

〝愛されなければよかった〟

〝本当にごめん〟

ほかにも長々と書かれているけれど、結局のところは後悔と懺悔《ざんげ》だ。体調のせいなのか、ひどく文字が乱れている。

「ばあちゃんが破いたんだろな」

この内容に、より江さんは傷ついたのだろうか。

家族を捨てて選んだひとに、こんなふうに言われるなんて、どんな気持ちだろう。

〝後悔している。すべてを話してしまったことを〟

病気のことを指しているのだろうか。

「より江さんは……こんなふうに言われたから、だから、後悔してたのかな」

「どうだろうな。この手紙でおれがわかるのは、相手が後悔していることだけだな」

たしかにそのとおりだ。

勝手な想像ではあるけれど、より江さんは彼が病気であることを知って、彼を選んだような気がする。だからこそ、彼は話さなければよかったと思ったんじゃないかな。

そして、より江さんが選んだ男性は、より江さんに対しての後悔に苛《さいな》まれながら亡くなったんだろう。

――『死ぬときに、ああしておけばよかった、こうしておけばよかった、なんて後悔ばかりになりそうだね』

亡くなった彼の後悔を知っていたより江さんは、あの言葉を、どういう気持ちでわたしに言ったんだろう。

「バカだな、このひと」

ぼうっと手紙を見つめていると、春日井くんが失笑する。

「なんで？」

「なんでって、バカじゃないか。こんなもん最期に残すなんて、おれには自分で自分の後悔を増長させてるようにしか思えない」

春日井くんらしい考えだと思うし、わからないでもない。

「バカで最低なやつだと思う」

でも、わたしはこの男性の気持ちのほうが、理解できる。

もしもこのひとがより江さんのことが好きで、自分の病気をきっかけにすでに結婚していたより江さんがなにもかもを捨ててとなりにいてくれたのだとしたら、それはすごく、幸せだっただろう。

でも、死が近づくにつれ、残されるより江さんに対して後ろめたい気持ちを抱くようになるのは当然のことなんじゃないだろうか。

少なくともわたしなら、苦しい。

同時に、この手紙を破き、けれど捨てられなかったより江さんの姿を思い描くと、胸が締めつけられる。

好きで一緒にいたはずなのに、そのことに後悔を抱いているひとを間近で見ていたから、より江さんは後悔しないようにと、そんな最期は迎えないようにと生きていたんじゃないか。

なのに結局、より江さんは後悔して泣いた。

「ばあちゃん、なんか、かわいそうだな」

より江さんのことを、そんなふうに言わないでほしい。でも、否定する言葉を口にすることはできなかった。

「結果がどうであれ、家族よりもこの男を選んだのは間違いなくばあちゃんの意思で、そのくらい好きだったたってことだろ。なのにこんな手紙残されるとか最悪だろ。そりゃ後悔もするわって感じだな」

「春日井くんなら……どうするの」

「どっちの立場で？　この男の立場なら、そもそもこんなこと考えねえな。今さらだし無意味じゃね？　自己満足でしかないと思う。ばあちゃんの立場だったら、正直ふざけんなって思うだろうな。こっちのほうがお前なんかといて後悔してるよって」

顔を歪《ゆが》ませて悪態をつく春日井くんに「そっかあ」とだけ返した。質問したのはわたしなのに、春日井くんの返事にどう答えていいのかわからない。

春日井くんの言うことは、理解できる。それでもわたしは、より江さんをかわいそうなひととは思えない。かといって、否定したいわけでもない。

間違いないのは、より江さんは死の直前、好きなひとと最期まで一緒にいるために捨てた家族に、懺悔した。

「どうすれば、いつでも正しい道を選べるんだろう」

「……そんなもんあると思ってる時点で誤りなんじゃないか？」

「じゃあ、春日井くんはどうやって道を選んでるの」

問いかけると、春日井くんはしばらく首を傾けてから、「そう言われるとわかんないけど」と答えた。正しい道を選べるひとは、直感が優れていてそもそも迷うことがないのかもしれない。

わからない、とはっきり言える春日井くんが、羨《うらや》ましい。

「おれは、それほど選択を迫られたことがないからな。自分の言動で反省することはあっても、後悔するほどのことって今までなかったんだと思う。だから、正しい道を選んでるっていう感覚もない」

そんなことありえるのだろうか、と不思議に思っていると、春日井くんは苦笑する。

「松坂は、毎日なにかしらの選択をしてそうだな」

「まあ……たぶん」

「おれ、ずっとそんなふうに選択しながらひとと接してる松坂が、見ててめっちゃもどかしかったんだよ。言葉を選ぶとか、そういうんじゃなくて、間違わないように正解を探してる感じが、結構イライラした」

まさしくそのとおりだ。図星を指されて胸を痛ませながらも、これまでのわたしに気づいてくれていたことに喜びを感じる。

「ばあちゃんといるときの松坂は、もうちょっとラクそうだった。もっと自然だった」

春日井くんの視線がわたしを捉《とら》える。

「はじめて松坂を見かけたのは中二のときだった。たまたまこの家に来てだらだらしてたら外で水撒《みずま》きしてたばあちゃんが体調悪そうな女の子を家に連れてきたんだ。おれはなんとなく隠れてて、ばあちゃんもなにも言わなかった」

そっか、と頷《うなず》き、はたと気づく。

もしかして春日井くんは、去年同じクラスになる前から、わたしのことを知っていたんだろうか。

「高校で松坂と会ってすぐあのときの女子だって気づいたけど、雰囲気が違っててびっくりした。おれの勘違いかと思ったくらいで、でも、母さんに頼まれてばあちゃんに会いに行ったとき、そこにいたのはやっぱり、松坂だった」

なんで、去年同じクラスだったとき、彼はなにも言わなかったんだろう。

「ばあちゃんの前と学校での松坂はこんなに違うのかって、それから、気になるようになった」

「……だから、わたしをきらってたの？」

「前から言ってるけど、べつにきらってないよ」

「毎朝、わたしに気づいても無視してたじゃない」

びくっと彼がわかりやすく動揺する。

やっぱりそうなんじゃん。故意だったんじゃん。

わかっていたのに春日井くんの反応にちょっと拗《す》ねてしまう。

春日井くんは困ったように頭を掻《か》いて「あの頃は」ともごもご言いにくそうに口にした。

「なんか、なに話せばいいのかわかんなかったし、松坂もおれをきらってると思ってたから。いや、それも違うか。まわりに誰もいなかったら、松坂にひどいことを言って傷つけたくなるから、かな」

前にも言われたようなセリフだ。

なんで春日井くんは、わたしを傷つけたいと思うのだろう。その理由が、きらいだから、じゃないことは、今は信じられる。だから、なおさら理解できない。

首を捻《ひね》ると、

「褒められた態度じゃなかったことは、認める。ただ、ばあちゃんの前でしか見せない松坂を、見たかったんだ」

と春日井くんは視線を手元に落とし、両手の指先で手にしていた写真を撫《な》でる。春日井くんがこんなふうに話をためらう姿を見るのははじめてだ。なにか言いにくい事情でもあるのだろうか。

「松坂の笑顔が、好きじゃなかった。松坂にとっては、ばあちゃん以外はみんな同じ存在なんだなって思った。友だちにはもうちょっと自然な態度だったけど、それでもばあちゃんに見せるものとは違ってた」

「より江さんが、特別だっただけ、だと思うけど」

「その特別を、おれもほしかったんだよ」

彼の耳がほんのりと赤くなっているのに気づく。

彼の言葉の意味を、わたしはどう受け止めたらいいだろう。

心臓が早鐘を打ちはじめて、声が出せなくなる。

「おれはこれまで、これといって苦労なんかしてない。父さんと母さん、そして弟の四人家族なんだけど、仲がいいほうだと思う。母さんの父親、じいちゃんは結構前に死んだけど、父さんのほうのじいちゃんばあちゃんは、今も元気で、年に数回は会ってるし」

「うん」

「勉強も運動もひと付き合いも、それなりにやってこれた。金銭面でもおれは恵まれているほうなんじゃないかな。お金持ちとかじゃないけど」

「うん」

同じ言葉で相槌《あいづち》を打つと、春日井くんは再びわたしと視線を合わせる。

まっすぐな眼差《まなざ》しに、吸い込まれそうになる。

「松坂は、よく知らないけど、なにかしらの苦労をしてるんだろ。ばあちゃんに話してる内容から、なんとなくだけど、そう思った」

「……苦労なんか、してないよ」

首を振って、否定する。

他人が見れば、わたしも恵まれた環境にいると言われるだろう。自分でも、そう思う。自覚があったからこそ、苦しかった。

ひとに自慢げに言えるような不幸も苦労も、ない。

中学時代、友だちとの関係がうまくいかなかったのは、家族ではなくわたしのせいだ。勉強がお兄ちゃんほどできないのも、ただたんにわたしのせい。家族は関係ない。

なのに胸にさびしさや不満を抱えている自分が、わたしはずっと、恥ずかしかった。

もっとうまくできなかったのか。

もっと気にせずにいられなかったのか。

与えられるもののありがたさだけに目を向けられないのか。

子どもじみた感情だと必死に我慢して、誰にも言えずにすべてを呑《の》み込んできた。

だからこそ、より江さんにだけは素直になれた。より江さんにとってわたしは、間違いなく子どもだから。

「ばあちゃんも、自分で家族を捨てたとはいえ、それなりにいろいろ経験したひとだろ。そうでなくても年の功ってあるじゃん。だから松坂はばあちゃんに素直になれるんだろうなってのは、なんとなくわかる」

でも、と言って春日井くんが口を閉じた。

続きの言葉を聞くのが怖い、と直感的に思う。なのに、はやく続きを、と待っている自分もいる。心臓が暴れていて、思わず胸に手を当てた。

春日井くんの視線がわたしに注がれる。

「でも、同じような経験も傷もないからって理由で、締め出されてるのが、癪だった。せめて松坂の怒った顔でもいいから見たかった」

そこまで、わたしのことを意識してくれていたなんて。

わたしに対する態度がみんなへのものと違っているように感じた理由が、今わかった。

「……まるで、告白されてるみたい」

思わず、口にしてしまう。

「そんなことはないと、思うけど」

「じゃあ、なんで、春日井くんはわたしを、気にかけてくれるの。より江さんが亡くなってから、とくに」

わたしの質問に、春日井くんが拗ねたような顔をした。

なんで、そんな顔するの。

そんな顔をされたら、わたしの顔が赤くなってしまう。

首から上が真っ赤に染まって、目も潤んでしまう。泣きたいわけじゃないのに、胸が締めつけられて苦しくて涙がこぼれてしまいそうになる。

「松坂が、ほんの少しだけ、ばあちゃんに見せてたような言動をおれに見せてくれたのが、うれしかったからだよ。松坂にきらわれてると思ってたから」

手紙を持つわたしの手に、春日井くんの手が触れる。

——春日井くんは、わたしのことが、好きなんだろうか。

はっきり口にして訊《たず》ねたら、春日井くんはなんて答えるのだろう。

ずっと彼はわたしのことがきらいだと思っていた。

でも、春日井くんは、ずっとやさしかった。

いつからか、彼と毎日過ごすのがわたしの当たり前になった。

彼と手が触れ合うことにも動揺しなくなった。

ふたりきりでこの家にいることに、心地よさを感じるようになった。

春日井くんがわたしの目を覗き込む。その距離が狭まってきていることに気づきながらも、わたしは身動きひとつ取れなかった。それどころか、無意識に目を瞑《つむ》った。

わたしたちはお互いを積み重ねている。

こうして——唇が触れ合うように。

時間をかけて、ゆっくりと、じっくりと。

「なあ」

そろりと離れた彼の唇が動く。

「付き合おうか」

「……順番、おかしくない？」

「そういうこともあるんじゃないかな」

すっとぼけた様子で口にしながらも、春日井くんの頬は赤く染まっていて、それがとても、愛《いと》おしく感じた。

「なんで泣いてんの？」

わからない。でも、止められない。

「いやなの？」

不安そうに眉《まゆ》を下げる春日井くんに、首を振って否定する。

いやなわけがない。ならば今わたしの頬を濡《ぬ》らすこの涙が歓《よろこ》びからくるものなのかと言われれば、それも違う。

春日井くんは本当に、わたしのことを好きでいてくれているのがわかったからだ。

わたしがこれまで彼に惹《ひ》かれていた時間と同じくらいのあいだ、わたしを見てくれていた。

そのことをうれしいと、幸せだと、そう思えないことが苦しい。

だって、わたしは死ぬんだから。

――〝きみに申し訳ないことをした〟

名前も知らない男性の、より江さんに宛てた手紙が脳裏に蘇《よみがえ》った。

残された、男性の想い。

わたしはそんなものを、残したくない。自分にも、春日井くんにも。

なんて返事をすればいいのだろう。正直に話すべきか、話さずに頷くべきか。もしくは、なにも話さずに、彼を拒否するべきか。

せっかく、両想いなのに、なんでこんなことを考えなきゃいけないんだろう。

なんでただただ歓びを感じることができないんだろう。

「……っ、い」

涙を呑み込むようにぎゅっと目を閉じると、かわりに頭痛が蘇《よみがえ》った。

最近は予兆がなく一気に刺されたような痛みを感じるときがある。

「松坂？」

春日井くんの焦ったような声が脳に響いた。目を開けると、わたしを心配する彼の表情が視界に飛び込んでくる。
□なにも残さない

わたしは、残してはいけない。

涙と痛みで霞《かす》んだ視界のさきにいる春日井くんの姿に、そう思った。


窓の外は、朝から降り続いている雨のせいで霧《きり》がかかっている。

だからか、今日は頭痛がひどい。薬を飲んでいなかったら爆発していたんじゃないかと思うくらいに、痛い。

四時間目のあいだ、ずっと俯《うつむ》いて痛みを呑み込むように目を瞑っていた。

こんなに痛みを感じるのはひさびさだ。

伯父《おじ》さんに止められているけれど、薬を追加で飲むべきだろうか。とりあえず昼休みになったらすぐに伯父さんに電話をしよう。

「祈里？」

歯を食いしばってじっと座っていると、名前を呼ばれる。

授業中になんだろうかとのろのろと顔を上げると、目の前に鶴ちゃんの顔があった。

「祈里、どうしたの。大丈夫？」

「……だいじょう、ぶ」

「いや大丈夫じゃないでしょ。保健室行く？」

なんで鶴ちゃんが授業中にこんなところにいるんだろう。そんなことをぼんやり考えていると、すでに四時間目が終わっていたことに気づいた。チャイムはいつ鳴ったんだろう。聞こえなかったのは、いつの間にか寝てしまっていたからだろうか。

立ち上がろうとすると、体に力が入らずよろめいてしまった。

「歩ける?」

わたしの体を羽衣華が支えてくれる。

ふたりに心配されて、痛みに顔を歪ませながらも戸惑いを隠せない。

一ヶ月ほど、ふたりとはほとんど口を利いていなかった。目が合えば挨拶はするけれど、それだけだ。朝も鉢合わせしないように時間をかえたし、メッセージのやりとりはわたしの既読無視のせいで今はなくなっている。

「なんで……」

発した声はあまりに小さくて、外から聞こえてくる雨音で聞こえなかったらしい。ふたりはわたしの体に手を添えて、ゆっくりと歩きだした。わたしには抵抗するだけの体力も気力もなく、ただふたりの力を借りて保健室に向かう。

「どうしたの、寝不足? にしては顔色が悪すぎるかなあ」

わたしの顔を見て、保健室の先生がすぐにベッドを準備してくれた。急ぎの用事があるからすこし席をはずすけど、ゆっくりしていって、とわたしたちを置いて保健室を出ていく。

「あ、春日井くん……」

毎日わたしとお昼を食べてくれる春日井くんが、教室に来ているかも。

ベッドで横になって気分がラクになった瞬間、彼のことを思い出してスマホを探すと、鶴ちゃんが「かおりに言付けてきたから大丈夫」と教えてくれた。

さすが鶴ちゃんは、しっかり者だな。

「さっきよりマシ？」

「うん……ごめん、迷惑かけて」

「ずーっと俯いてるからなにがあったのかと思ったよね」

鶴ちゃんがベッドを挟んで反対側にいる羽衣華に同意を求める。羽衣華は「ほんとだよ」とわたしを見て呆れたように言った。そしてぺとっとわたしの額に手をのせて「熱はないね」と頷き、安堵《あんど》したように緩やかに口の端を引き上げる。

「なんで」

気がつけば、声に出して訊《き》いてしまっていた。

ふたりはきょとんとした顔で、横になっているわたしを見下ろす。

「なんで、わたしを心配するの」

まるでわたしの体調を本気で心配しているみたいだ。

きっかけは羽衣華のメッセージだ。でも、そのことについてわたしはふたりと向き合って話をすることなく、何度も話をしようと声をかけてきたりメッセージを送ってきたりしてくれたのも、全部無視して一方的に関係を断った。なのに。

「そりゃ心配するでしょ。あ、もしかしてあたしたちなんかが祈里を心配するのがいやってこと?」

「それならまあ、納得できるね」

なるほどと目を合わせて頷くふたりに「そうじゃなくて」と慌てて口を挟んだ。

「怒ってるでしょ。むかついてるでしょ、わたしに」

「は? なんで? それは祈里でしょ。あたしが送ったメッセージ、取り消す前に見ちゃったんだから」

「陰口言ってたってことになるもんね」

鶴ちゃんと羽衣華はまた顔を見合わせて頷く。そして、「私もふたりが陰でこそこそ私のこと話してるの知ったらむかつくし」と鶴ちゃんが言葉を付け足す。

「でも……」

「ほんと、祈里は要領が悪いよね」

わたしの言葉を遮り、羽衣華が言う。

「もっと偉そうにしたっていいのに、まわりを気遣いすぎるんだよ」

「……え?」

「プリントとか宿題とか和訳とかやってきてるのあてにしてくる相手に、わざわざ教えてあげることとなんてしなくてもいいのにさ。っていうか祈里が見せる必要もないとあたしは思ってるけど」

腕を組んで話す羽衣華に「私たちもたまに見せてもらってるからね」と鶴ちゃんが肩をすくめた。

「他人のことなんかほっとけばいいんだよ。かおりだって見せてもらえなければ自分でうまくやるんだから。ビシッと言えば反省してなんとかするって」

「現に、祈里が断ってからはちゃんとやってるっぽいしね」

「かおりのためにもはっきり言ってよかったよね」

「どうせすぐ忘れるだろうけどね。ま、そこがかおりのいいところでもあるけど」

ふははは、と笑うふたりを、ぽかんと口を開けて見つめる。

そんなわたしを、鶴ちゃんが眉を下げて見下ろしてきた。

「本当はさ、祈里の言うとおり、ちょっとだけ祈里に不満もあったんだよ。私たちと話をしようとしてくれないし。いっそ、最低ってはっきり批判してくれたらいいのにって。そしたら、私たちもはっきり言えるのにって」

「でも、あたしたちも同じだよね。祈里に言わずに陰で言ってたんだから」

ふたりになんて言葉をかければいいのか。

「祈里に対して、もうちょっとうまくやればいいのにって思ってたのは本当。だけど、言い訳かもしれないけど、それを祈里には言えなかった。バレなかったら、ずっと言わなかったと思う」

「……なんで」

「それが祈里だから。祈里を、無理矢理かえたいわけじゃなかったから」

なんでそんなこと言うの。

そんなこと、言わないでよ。

「ごめんね、祈里。だけどこれだけは、言いたかったの。私たちは祈里のことが、好きだよ、本当に」

喉《のど》が締めつけられて苦しい。涙が浮かんできて、歯を食いしばる。

わたしはたしかに、ふたりだけのトークルームでわたしの話をしていたことに、ショックを受けた。ふたりに対してわずかな憤りも感じていなかった、なんてことはない。

でも、だからといって自分のしたことが正しかったとも思っていない。

ふたりはわたしの態度に不満を抱くと思っていた。それでいいと思った。

すでにわたしに不満があるのなら、きらわれたって構わなかったから。

でも今、わたしは安堵している。ふたりがわたしを心配して、こうして気遣ってくれることが、うれしくて仕方がない。

ひとりでも大丈夫だし、むしろラクだとすら考えていた。

でも、ふたりと一緒にいることも、好きだった。

ときに気を遣うことはあったけれど、わたしはふたりが好きだった。

「もう、なんで祈里が泣くのよ」

「祈里がこんなふうになるのってはじめてじゃない？」

ふたりの瞳にも涙が滲《にじ》んでいる。

くすくすと笑いながら、鶴ちゃんが取り出したハンカチでわたしの涙を拭《ぬぐ》ってくれた。ちょっと力が強すぎて思わず「いた」と口にすると、羽衣華が「ははは」と声をあげる。

わたしたちは、顔を見合わせて三人で笑った。

三人とも涙を流しながら。

「なにしてんの」

いつの間にかそばにいたらしい春日井くんの、呆れたような声が保健室に響く。

「お、彼氏の登場じゃん」

「じゃあ、あたしらは一旦《いったん》去りますか」

目元を拭って、ふたりがにやりと意味深な表情をわたしに向ける。

「春日井とのこと、ちゃんと祈里の口から説明してもらってないの、覚えてるんだから」

「今度根掘り葉掘り聞き出すから覚悟しておいてね」

「話すことなんかないってば」

「はいはいはいはい、じゃあね」

わたしを置いて、ふたりはそそくささと保健室を出ていってしまう。

ついさっきまで、まったく話をしない関係になっていたのに、三人で泣いたら、あっという間にもとの関係だ。

「仲直りしたんだな」

そばにあったパイプ椅子を引き寄せて、春日井くんが腰を下ろす。

「うん……」

「よかったじゃん。ついでに体調はどう？　顔は真っ青だけど」

「体調は、よくはない、かな」

教室にいたときほどひどくはないけれど、痛いのは痛い。

春日井くんは「そうか」と言ってわたしの髪の毛のさきにそっと触れる。その近さに体が熱を帯びて、あたふたしてしまう。

その瞬間を待っていたかのように、頭痛が勢いを取り戻した。

「——っう、く……」

喉が締めつけられて、うめき声が溢《こぼ》れる。

明らかに、今までとは別格の痛みに、目を開けることができなくなる。

なにこれ、なにこれ。

こんな痛み、知らない。

全身に力が入り、シーツをぎゅうっと握りしめる。そうすることですこしでもいいから痛みを和《やわ》らげることができないかと、逃がせないかと、縋《すが》りつく。

遠くで春日井くんがわたしを呼んでいる声が聞こえる。鼓膜に防音シートを重ねられているみたいな、籠《こも》った声だ。すぐそばにいるはずなのに、意識だけがはるか遠くに飛んでいってしまったのかもしれない。

——死ぬのかも。

そんな言葉が浮かんだ。

まだ、余命宣告をされてから一ヶ月ほどだ。

信じられない痛みだけれど、まだ、死ぬことはないはずだ。三年には遠く及ばない。だからまだ、わたしは大丈夫だ。

そう言い聞かせながら、歯を食いしばる。

でも、死がすぐそばにあるのを感じた。振り払ってもそばを離れてくれない。

——もしかしたら、本当に死ぬのかも。

これが、わたしの最期なのだろうか。

鶴ちゃんと羽衣華とせっかくもとの関係に戻れたのに。まだより江さんの家も片付けられていないし、より江さんの過去も見つけられていないのに。

春日井くんに、付き合おうと言われた返事をしていない。それに映画を観に行く約束もした。

ほかにも、やりたいことがたくさんあるはずなのに。

なにもかもが中途半端なままで、終わりを迎えてしまうの？

かたく閉じられた目尻《めじり》から、つうっと涙が伝っていく感覚があった。

これは、後悔の涙だ。

意識がふわりと浮いて、溶ける。いやなのに、抗《あらが》えない。怖いのに、今すぐ逃げ出したいほど怖いのに、なす術《すべ》がない。

ひとつだけよかったことがあるならば、春日井くんにまだ返事をしていなかったことだ。

そのおかげで、彼への後悔だけは、ない。

そのことに気づいて安堵した瞬間、世界が白く染まった。


ふっと視界が開けた。

ここが死後の世界だろうかと虚《むな》しさを抱きながら考えていると、自分の手にぬくもりがあることに気づく。

「松坂」

「……春日井くん」

すぐそばに春日井くんがいた。

ぬくもりは、彼の手のひらだった。

——生きてる。

ああ、わたしはまだ、生きていた。

「気分は？　体調は？」

「あ、今は、もう、大丈夫。わたし、寝てた？」

「寝てたっていうか、気を失ってたって感じだったけど……。十分くらいかな。息はしてたけど全然動かなくて。すげえ、びびった……」

気絶したんだろう、と自分でも思う。

そのくらい痛かった。

「よかった」

安堵の息を吐いて、春日井くんが呟く。でも、まだ表情は暗い。相当心配をかけてしまったのだとわかり、体温が急激に下がる。

「先生呼んでくるよ」

立ち上がった春日井くんは、わたしの手を放して急いだ様子で保健室を出ていく。

誰もいなくなって、静寂に包まれる。

真っ白な世界に、わたしだけがいる。

「死後の世界も、こんな感じなのかな」

死んでなくて、本当によかった。本気で死ぬかと思った。

あの恐怖を思い出すと体がカタカタと小刻みに震える。それを抑えるように、自分の体を抱きしめる。あの瞬間の絶望感が、体にまとわりついている。

まだ、死にたくないと思った。

このままではいやだと思った。

後悔の感情でいっぱいだった。

やりたかったこと、やり残したことが次々と浮かんで、苦しくて仕方がなかった。

後悔しないためにやろうとしたことが、すべて後悔になって跳ね返ってきた。

本当に死ぬとき、わたしは同じ想いに襲われるんだろうか。

死ななくとも、さっきみたいに死を感じる瞬間が、このさき何度もあるだろう。そのたびに、わたしはあんな苦しみを味わわなければいけないのだろうか。

やりたかったことができなかった、後悔。

ぎゅっと瞼《まぶた》を閉じると、不安そうに眉を下げてわたしを見つめる春日井くんが現れた。

「あんなの、いやだ」

――〝きみを好きにならなければよかった〟

――〝愛されなければよかった〟

より江さんの恋人が残した手紙。あの男性の苦しみを、今ははっきりと感じることができる。気持ちが、重なる。

彼はきっと、より江さんのことが本当に本当に、好きだったのだろう。

大事なひとを悲しませてしまう自分のことが、許せなかったのだろう。

目を開いて、そばにある窓に視線を向けた。

青空が広がっている。どこまでものびる澄んだ青色が、世界に広がっている。

この空の下で、今わたしが大事だと思えるひとには笑っていてほしいと思う。

テニスコートそばの景色は、随分と秋色に染まった。

「昨日はあれから大丈夫だったのか？　今は？」

となりに座っている春日井くんは、昨日ほどではないがわたしの様子を気にかけてくれている。

昨日、目を覚ましたわたしは、痛みが引いたことから午後も授業に出た。けれど、より江さんの家には行かず大人しく自宅に帰った。春日井くんも昼間の様子から「そのほうがいい」とわたしを家まで送ってくれた。

帰宅してすぐに横になり朝まで眠ったおかげか、今日はほとんど痛みがない。

「もう、平気」

「ならいいけど」

お母さんも、今朝同じような顔をして同じようなことをわたしに訊いてきた。帰宅してから一度も部屋から出てこず、眠り続けていたからだろう。朝起きたとき枕元に小さなおにぎりがいくつか置かれていた。お腹が空《す》いたら食べて、とメモも貼ってあったっけ。

これまで、風邪で寝込んだことは何度かあった。

でも、あんなメモをもらったのははじめてのことだ。

リビングにいたお兄ちゃんには「体調が悪いのになんで無理をして心配かけるんだ」と言われた。無反応なわたしを見て、意外にもお姉ちゃんが「なんでそんなふうにしか言えないの」とお兄ちゃんに文句を言っていたのにびっくりした。

鶴ちゃんと羽衣華も、わたしを心配してメッセージを送ってくれたし、今日は顔を合わせるなり顔色を確認された。

以前よりもずっと、まわりのひとをあたたかく感じる。

今日のわたしのお昼ご飯も、お母さんが用意してくれたものだ。

「この前話してた映画、前売り券買っとこうかなって思ってるんだけど、いいよな？　ちょっと安く買えるだろ」

一昨日の返事をまだしていないのに、春日井くんはそれを催促しない。気にしていないのか、冗談だったのか、どっちだろう。ただ、それも彼のやさしさなんじゃないかと感じる。

「なんか別の観たい映画あったらそっちでもいいけど」

春日井くんと映画に出かけたら、楽しいだろう。

たぶん、わたしたちは手を繋いで歩く。映画の時間にもよるけれど、どこかでご飯を一緒に食べるだろう。映画の感想を言い合って、別れの時間まで過ごすはずだ。

パンフレットを買って家で何度も眺めるかもしれない。

春日井くんとのはじめてのデートは、わたしの記憶に刻まれる。

そしたら今度は、次のデートが待ち遠しくなる。

でもいつかは必ず〝次〟が永遠に訪れなくなる。〝また明日〟ですらも。

そのとき、後悔を抱くのは、わたしだけじゃない。

「休日でもいいけど、放課後でも――」

「わたし、春日井くんとは、付き合えない」

春日井くんの言葉に被《かぶ》せるように、口にする。

箸《はし》を持つ手が震えてしまう。それを隠すために力を込めて握りしめる。

「返事、し忘れてたなって。なんか、ごめんね」

「なにが」

間髪を容《い》れずに訊かれる。

「なにがって……付き合えないこと」

「なんで付き合えないの？」

「なんでって」

「だって松坂、おれのこと好きだろ」

自信満々に言われて、言葉を失う。

好きだよ、と勢いで答えたくなる。それができたらどれだけ幸せだろうか。

「なのになんで、付き合えないの？」

死ぬからだよ。

それを言うわけにはいかない。言いたくない。知られたくない。

こんなことなら、より江さんの家の片付けを手伝うなんてことしなきゃよかった。そうすれば、春日井くんへの恋心にも気づかないままでいられたし、春日井くんからの好意も知らないままでいられた。

せめてどこか途中で、距離が近づきはじめたときに、踏みとどまればよかった。挙げ句の果てにキスまでしてしまうなんて、バカにもほどがある。

「本気で言ってんの？」

春日井くんの質問の返事を口にすることができないかわりに、頷いた。

本気だ。

だって、このままだとどんどん最期の後悔が膨れ上がる。

付き合ったとしても、わたしが死ぬ前に別れる可能性もある。そうなるのがいちばんいい。でも、そうじゃない可能性がわずかでもあるなら、わたしはそれを潰《つぶ》したい。

蝕《むしば》まれるわけにはいかない。

死ぬかもしれないときに、後悔をしたくない。

だから、わたしは先のことを、なにひとつ思い描きたくないし、誰にも思い描いてほしくない。

みんなの〝明日〟から、わたしを消したい。

「おれは松坂のことを――」

「やめて！」

慌てて言葉を遮り、立ち上がる。

言わないで。言葉にしないで。

春日井くんにまで後悔を背負わせてしまう。それは絶対に避けなくちゃいけない。

食べている途中だったお弁当の蓋《ふた》をとじて、トートバッグに押し込んだ。

「話は終わり。もう、より江さんの家にも行かない」

春日井くんの顔を見ることができない。

目を合わさないように地面を見つめたまま、足を踏み出した。できるだけ早くこの場を立ち去らなくちゃいけない。彼に対して不義理な態度でいなくちゃいけない。

そうすれば春日井くんはわたしのことをきらいになる。

「ごめんね」

「最低最悪の行為って自覚があるから、謝ってんの？」

背中から、春日井くんの呆れたような声が聞こえてきた。

「……うん。だから、わたしのことをきらいになって」

好きでいられるよりも、きらわれたほうがずっといい。

ひとりで、残りの日々をなんとか過ごしていく。当初からその予定だったから。

後悔したりやり残したりすることのないように。

ざくざくと土を踏みつけて、春日井くんと来た道をひとりで戻った。


「松坂、ここにいたのか」

ひとり廊下を歩いていると、担任の先生に呼び止められた。

「教室に行ったんだけどいなかったから、捜してたんだ」

「どうしたんですか？」

先生は、分厚い封筒を手にしている。

担任は、英語教師だ。わたしが英語に力を入れていることを知っていて、いつもさりげなく応援してくれていた。

「おめでとう」

はい、と差し出されたその封筒を、凝視する。受け取らねば、と思うのに、手に力が入らずなかなか触れることができない。そのあいだ、先生は「松坂になるとは思ってたけど」とか「頑張れよ」などと声援の言葉をかけてくる。

ずしりと、重みを感じた封筒に、目の前が真っ暗になる。

「ご両親に見せて、なにかあったらいつでも訊きにきてくれ」

先生はそう言って、力強く頷いてから職員室のあるほうに歩きだした。

ゆっくりと、封筒の中身を取り出す。もしかして、と思いつつもどこかで確信をしていた。

〝交換短期留学についての注意事項〟

プリントの上部に記載されているタイトルを見て、絶望感に襲われた。

「……なんで」

もう捨てて忘れたものだ。もうそんなものはどうだってよかった。だから学校をサボったし、勉強にも力を入れなくなった。そのことは先生だって気づいていたはずだ。

すべてを手放さなければいけない。夢も目標も希望も、春日井くんへの想いさえも。

後悔をしないための選択だ。

なのに、なんでこのタイミングで、高校生になってからずっと目標にしていたことが叶《かな》うんだ。

「こんなの、いらない」

これまで頑張ったご褒美のつもりか。嫌がらせと言われたほうが納得ができる。

いつ悪化するかわからない病気を抱えて海外に行くなんて、絶対に両親が許してくれない。まだ三年あるのだから、半年やそこらで寝たきりになることはないだろうけれど、今よりも間違いなく体力が落ちているはずだ。

なによりも、行ったところでわたしのこの先の人生にはなんの役にも立たない。

もしも行けば、わたしはもっとほしくなる。

未来に、なにかを求めてしまう。

やってくるはずもない遠い未来を、夢見てしまう。

断らなければ。できるだけはやくに。誰かに知られる前に。わたしではない未来のある誰かがかわりに行けるように。

「頑張らなければ、よかった」

ふは、と情けない笑みが溢れる。

あれだけ欲したものなのに、自ら放棄しなければいけないなんて、なんて惨めなことなんだろう。

ぐしゃりと封筒ごと握りしめると、そこにぽたんと小さな小さなシミが落ちた。

なにもしたいことがなければよかったのにな。

春日井くんを好きな気持ちも友だちへの友愛も、すべてなくしてしまえば、いつ死んでも心残りなんてない。それこそ、後悔をしないってことだ。

――『ばっかだねえ、あんたは』

――『あんたはちゃんと、あんたは、ひとと関わんなさい』

蘇るより江さんの声に、そうなのかな、と疑問をぶつける。

わたしのまわりにひとがいるから、わたしは後悔を感じるんじゃないかな。

そしてそれは、相手にも伝染してしまうだろう。

より江さんなら、それを誰よりも知っているんじゃないの。だから、より江さんは後悔をしたんじゃないの。

それでも、ひとと関わらなければいけないの。

なにもかもと関係を絶ってしまえば、わたしの〝明日〟に、世界に、わたししかいなくなれば、なにも失わない。失わせない。悲しくないし怖くない。

これまでしてきたことはもちろん、病気がわかってからしたすべてのことのどれもが、わたしの心を蝕んだだけだった。

いずれ死ぬわたしはみんなにきらわれて、ひとりぼっちでいなければいけない。わたしの中身は、からっぽでなければいけない。

窓の外に、すこんと晴れた青空が広がっている。

「からっぽで三年も生きるのも、しんどそうだな……」

たった三年が、途方もなく続く三年のように思えてくる。

ならばいっそ、今すぐ死んだほうがいいのでは。

Ⅴ　死ぬまで、忘れていたい

「どうする、薬の量増やしてみるか？」

朝一番の診察で、伯父《おじ》さんがわたしの顔色を確認し、心拍などを診てから訊《き》いてきた。

「来月、大学病院で定期検診があるから、それまでは薬の量は増やさないほうがいいかもしれないけど……。でも祈里の体がいちばんだからな」

一昨日、頭痛で気を失ったことを伝えたこともあり、伯父さんは神妙な顔でカルテを見つめながら提案する。

「とりあえずは、今のままでいいかな」

伯父さんによると、あの激痛の原因は、脳になにかしらの負担が急に与えられたことによるものらしい。その瞬間は薬でもどうにもならないらしいので、増やしても意味はない。

「そうか。祈里がそう言うならそうしよう。でも、無理はしないでなにかあったらすぐに連絡すること。我慢も体によくないんだから」

「わかった」

伯父さんの言葉にこっくりと頷《うなず》く。なのになぜか、伯父さんは不安そうに瞳《ひとみ》を揺らしてわたしを見つめてくる。そして、

「あと、途中で諦《あきら》めないようにな」

と、勇気づけるように言った。

「諦めないといけないようなことはしないから、大丈夫」

「なら……いい、のかなあ」

顎《あご》に手を当てて考える伯父さんに、ちょっと笑ってしまう。わたしが言わんとしていることをなんとなく察しているようにも見える。もしかしたら、余命宣告されたひとは、結構みんなわたしみたいに考えるのかもしれない。

死ぬまでに自分をからっぽにするのは、おかしなことではないのだろう。誰だって、志半ばでぶっつりと未来への希望を切断されるのはいやなものだ。だから、夢や希望はもちろん、人間関係も、生前にきれいになくしてしまったほうがいい。

こういうのを、終活っていうのだろうか。たかが十七歳のわたしが口にするのは烏滸《おこ》がましい気がするけれど。

「なにか訊きたいこととか、確認しときたいことは？」

最後の確認に、飛行機はどうか、と訊きそうになったのを呑《の》み込み、「なにもないです」と伯父さんに言って診察を終えた。

「どうする、今日は家に帰る？」

会計を済ませて車に乗り込むと、運転席にいるお母さんがエンジンをかけながら言った。

時刻はまだ十時にもなっていない。今から学校に向かえば四時間目には間に合う。

学校には今朝、持病があり、今後定期的に通院の必要がある、とお母さんに連絡を入れてもらった。病名はもちろん、余命についてはまだ伏せている。日常生活にはそれほど問題がないし、余命を考えても高校卒業に影響はない。にもかかわらず詳細を伝えたら気を遣われるだろうから、それはいやだ、とわたしがお母さんに頼んだ。

お母さんが電話をしているあいだ、わたしは内心ひやひやしていた。先生が留学のことを口にしたら、面倒なことになってしまうからだ。

昨日受け取った書類は、まだお母さんに見せていない。

いつまでも隠すことはできない。辞退を申し出なければいけないので、先生にだってはやく伝えなくちゃいけない。わかっているけれど、今はまだ決心がつかない。

幸いなことに、わたしの不安は杞憂《きゆう》に終わったようで、電話を切ったお母さんがなにも言わなかったことに胸を撫《な》で下ろした。

「祈里?」

流れていく景色を見つめていると、お母さんがわたしの名前を呼んだ。

「え?　あ、ああ……学校、行こうかな」

返事をするのを忘れていた。

家に帰ってもすることがないし、サボったところでしたいこともない。

スマホを取り出し、鶴ちゃんたちからのメッセージを確認する。内容は『病院だって?』『しんどそうだったもんねえ』とわたしの体調を心配するものがほとんどだ。『祈里の体調がよくなったら、前に話してた店に行こうよ』という言葉で締めくくられている。

パフェのお店のことだろう。そういえば、結構前に三人で買い物に行く約束をしていたことも思い出す。ほかにも、あれがしたいこれがしたい、と話していた。

三人で一緒に。ときにはかおりちゃんとかも一緒に。

したいことが、たくさんあった。

でももう、手放さなくてはいけない。

春日井くんからは、当然なんの連絡もない。

それでいいはずなのに、さびしさを抱いてしまう。

「副作用で体力が落ちてくるって言ってたけど、最近はどうなの」

「まあ、まだ一ヶ月だしそこまで影響ないと思う」

食欲も落ちたって感じはないし、登下校で疲れることもない。春日井くんとより江さんの家を片付けていたときも、特別疲労を感じることはなかった。

片付けをする場所は、残りあと一部屋と台所と茶の間だ。手紙や写真を見つけたから、もうそれほど大事なものは出てこないだろう。

ちょうどいいタイミングだった。

「祈里、あの、アルバイトのことだけど」

急になんだろうと思ってから、前にわたしがしたいと言い出したことだと気づく。

「今も、したいの？」

「……まあ。一度はやってみたいとは今も思うけど」

「祈里の気持ちもわかるけど、でも、やっぱり認められない」

わたしの気持ちが、お母さんにはわかるんだ。わたしにもわからないのに。

なんて、意地の悪いことを考える。

「祈里はなにが、不満なの？　これまでの態度に問題があったなら、もう少し、みんなと話してみない？　そしたら、お兄ちゃんたちもわかってくれると思うから。だから、祈里も、家族の気持ちをわかってほしい」

お母さんの横顔が、窓ガラスにうっすらと映っている。

「お母さんとお父さんも、祈里のために頑張ってきたのを、祈里は知ってるでしょう」

知ってるよ。

三人目を産む予定がなかったとはいえ、両親はわたしのために働いて育ててくれた。

ただほんのすこし、わたしに対しての関心が、愛情が、薄かっただけ。

「急に言われて、みんな戸惑って感情的になる部分もあるけど、でもみんな、祈里の今の気持ちを本当はちゃんとわかってるから」

「……お母さん、わたし、三年で死ぬんだって」

頬杖《ほおづえ》をつきながら、相変わらず窓の外を見つめて言った。

「これまでの小さな不満を、みんなにわかってもらおうとしたら、何年かかるのかな。三年で足りるのかな」

「きっと、誤解があるだけで」

「わたし、お母さんのこともお父さんのことも、お兄ちゃんのこともお姉ちゃんのことも、きらいじゃないよ。感謝してるし、尊敬してる」

この気持ちは、うそじゃない。心の底から、そう思っている。

「だからこそ、お兄ちゃんやお姉ちゃんみたいになりたかった。そうすれば、お母さんとお父さんは、わたしを褒めてくれるんじゃないかって」

わたしがテストでいい点数を取っても、お兄ちゃんにくらべたら低いからか、一度も褒めてもらえなかった。友だちはいても、お姉ちゃんほど多くはなかったし、近所のひとにもかわいがられるようなことはなかったから、引っ込み思案だとか人見知りだとか言われた。

ふたりにくらべたら、わたしはすべてにおいて、劣っていた。

なにをするにも、お兄ちゃんとお姉ちゃんの用事が優先されて、わたしは後回しだった。

自分は、家族のおまけのような存在なんじゃないかと感じていた。

だから、わたしだけの特別がほしかった。

わたし自身、お兄ちゃんたちと比較しないでいいものがほしかった。

でももう、それを求める時間も、手に入れる時間も、わたしには残されてない。

「残り少ない時間を、家族にわかってもらうために使って、結局なにもかわらなかったら、わたしはどうしたらいいんだろう」

かわるかもしれない。

いい関係になるかもしれない。

でも、そんなのわからない。

努力すればするだけ、なんの変化もないまま終わりを迎えるときに、悔いとなる。やめとけばよかったたって。無駄なことに時間を費やしたって。

「祈里」

お母さんの、苦しそうな声に、喉《のど》が詰まる。

「……みんな、祈里のことが、大事で、大好きなのよ」

わたしもだよ。

「病気がわかる前から、わたしがその都度、さびしさやかなしさや不満を、もっと正直に言ってたら、よかったのかもね」

小さな傷を見て見ぬふりして、痛みを誤魔化していた。

口に出して伝えようとすれば、その傷を直視しなくちゃいけなかった。

前者を選んだことが、間違っていたんだろう。

「わたし、後悔ばっかりだなあ」

ぽつりとこぼした独り言が、お母さんに届いたのかどうかはわからない。

わたしは春日井くんの言うように、つまらない生活の中で、ただただ後悔を蓄積させていたんだな。

三年か。

ああ、長いなあ。

――『明日死ぬって言われたら、どう思う？』

今がいちばん、後悔なく終われる気がする。

そう答えたら、より江さんにめちゃくちゃ叱られるだろうな。


学校に着いたのは四時間目の途中で、教室に入るなりクラスメイトの視線がわたしに集中する。自分の席に向かう途中で、羽衣華が「おはー」と口パクで伝えてきた。

座って教科書を取り出しながら、そういえば今日のお昼はどうしようかと気づく。

お弁当は今日も、お母さんが作ってくれた。

問題は、食べる場所だ。

春日井くんがわたしを呼びに来ることはないので、教室で鶴ちゃんたちと食べることになるのかも。でもそうすると、春日井くんのことが話題になる。

付き合っていないこと、そしてもうこれからは今までのような関係でないことを伝えなければいけない。付き合って別れた、ということになりそうでもある。

今日は……ひとりで食べることにしようかな。

どっちにしろ、鶴ちゃんと羽衣華と、ずっと仲良くするのは難しい。

だってこのまま一緒にいたら、悲しくなってしまう。

あれしようこれしようと、楽しい予定をたくさん提案してくれるだろう。そのたびに、この約束を果たすことができるのかと、不安になってしまう。

咄嗟《とっさ》に俯《うつむ》いて、涙がこぼれそうになるのを隠した。

そのとき、ポケットの中のスマホがぽこんと震える。こっそり取り出して確認すると、春日井くんからの『今どこ』というメッセージが表示された。あまりに突然で、そして昨日の会話を忘れてしまっているかのようなメッセージに、目を瞬《しばた》かせる。

もしかして、昨日の話では納得できないからもう一度話をしよう、とかかな。

そうだったら、わたしにはもう話すことがない。でも、無視するのも違う。

逡巡《しゅんじゅん》してから、先生に見つからないように『学校』と短い返事を送信した。すぐに既読がついた、が、返事は届かない。

続きは昼休み、かな。

想像すると緊張してきて、気分が沈んでくる。

からっぽにするのも、難しい。

はあっとため息を吐く、と、教室のドアが開く音と、ざわめきが耳に届いた。さりげなく涙を拭《ぬぐ》って顔を上げて——目を見張る。

そこにいた春日井くんと、目が合った。

「春日井、授業中だぞ」

「今はそれどころじゃないんで、すんません、お邪魔します」

「お、おい春日井！」

先生が止めるのも気にせず、春日井くんが教室の中に入ってくる。彼の視線はずっとわたしを捉《とら》えている。一度も視線を逸《そ》らすことなく目の前にやってきた春日井くんが、わたしの手を取った。

「行くぞ。カバン持って」

「え、え、え?」

「ほら」

ぐいと引き上げられて、よくわからないまま彼に言われたとおりカバンを摑《つか》み立ち上がる。クラスメイトが「おいおい」「なに」「駆け落ち?」と興奮気味の声を上げはじめた。駆け落ちとは。

「春日井、待て待て!」

「松坂とおれはこれで早退します。腹が痛いんで」

ぶははと誰かが笑った。先生は「うそをつくな!」と叫ぶ。それでも春日井くんは足を止めずに、わたしの手を引いて教室を出た。

「ちょ、ちょっと、春日井くん? なに、なんで」

廊下で彼に呼びかけると、通りすがりの教室の窓が開いて、そのたびにきゃあきゃあと声が上がった。振り返ると、みんなが顔を出してわたしたちによくわからない声援を送っている。

え、なにこれ。

どういうこと。

「松坂の行きたいところに行こう」

それってどこ。

「海、行きたいって言ってただろ」

今から？

学校をサボって？

信じられない展開に、ただ彼の背中を追いかけることしかできなかった。

春日井くんの足音が、未来に向かって行く。そこにわたしの足音が重なる。


「……うみ……？」

目の前には、海がある。青い空に青い海、白い砂浜。

「写真じゃん」

「調べたけど今から海まで行くには片道二時間半かかるしお金もかかる」

それは知っているけれど、海っていうから本当の海を見に行くのかと思った。

それがまさか、学校から数駅のところにある、ショッピングモールのそばだったなんて。

近くのビルの屋上に、海の写真がプリントされた大きな看板が掲げられている。

もちろんただ海の写真を飾っている、というわけもなく、爽《さわ》やかな炭酸飲料の広告で、最近人気のかわいい女性タレントが、弾《はじ》けるような笑顔をこちらに向けている。

海だけど。わたしの求めていた海ではない。

ただ広々と、どこまでも続くような水平線が見たかった。

看板に、カラスがバサバサと羽ばたいてきて、ちょこんととまる。

「今度のデートで、ほら海、って見せてやろうと思ってたんだよ」

そういえばこのショッピングモールのとなりには大きな映画館があった。

学校から連絡が入ったのか、スマホにお母さんからの着信が届いた。学校に行く前の車の中の会話と空気が蘇《よみがえ》り、通話ボタンを押すことなく切れるのを待つ。心配しているのがわかるからこそ、話をすると息苦しくなってしまう。

かわりに、メッセージを一通送ることにした。

大丈夫だと伝えたら、少しは安心してくれるだろう。

SNSアプリを開こうとすると、メッセージが届いていることに気がつく。

鶴ちゃんからのもので、『連れ出されたけど大丈夫?』とわたしを心配する内容だった。

おそらくそばにいるのだろう羽衣華からも『なにかあったらすぐ連絡して』というメッセージと、ファイティングポーズのスタンプが送られてくる。

「おれ、松坂と別れる気はないから」

スマホを眺めていると、春日井くんがきっぱりと口にした。

「なんで別れないといけないのかがわからないから」

「……そもそも、付き合ってない、よね」

今この返事は違う気がするけれど、言わずにはいられなかった。

春日井くんはわたしの言葉に「でも付き合ってただろ」と答える。でも、ってなんだろう。付き合ってないし。付き合っていると思われていただけだ。恋人同士のように一緒に過ごしていただけ、だ。

それが付き合っていたことに、なるのかもしれないけれど。

「じゃあ、わたしは、わかれ、たい」

声を絞り出す。今のわたしの気持ちに不釣り合いなほど爽やかな看板を睨《にら》みつけて、春日井くんに伝える。

「海は、来年の夏でいいよな」

「……来年の話なんて、したくない」

「じゃあ再来年」

「そういうことじゃない」

苛立《いらだ》ちを顕《あら》わにして突っ込むと、春日井くんがくっと喉を鳴らして笑った。

「先の予定を立てたほうが楽しいだろ」

「——っ楽しくない！」

そんなのいらない。

「予定なんてなにもいらない。ないほうが、いい」

約束しても叶《かな》わなかったら心残りになる。もし達成できたとしたら、その喜びはなによりもわたしを苦しめる。

まるでじわじわと死に至らしめる猛毒みたいに。

わたしの心はズタズタのぼろぼろになってしまう。

「じゃあ松坂は、この先なんのために生きるんだ」

刹那《せつな》言葉に詰まり、けれど、口を開いて声を発する。

「後悔しないように、する」

なんの未練も残さないように、いろんなものを手放すための期間にする。

そう簡単なことではない。でも死ぬまでにはできるはずだ。

いつ死んでもいいや、と思えるように、するんだ。

「まるで、死ぬために生きるみたいだな」

頭上から大きな氷の塊が落ちてきたみたいな衝撃に、息をするのを忘れてしまう。

瞬《まばた》きもできず、体がかたまる。

かろうじて動く瞳を春日井くんに向けると、彼は呆れたような表情でわたしを見下ろしていた。

目が合うと、小さなため息をついて「つまんなそうだな」と言葉をつけ足す。

「な……」

声を発しようと口を開くと、誰かがわたしにぶつかってきてバランスが崩れる。

ひとの行き交う道で、ふたり並んで看板を見上げていたからだ。本物ではない、ニセモノの、加工まみれの海の前で。

わたしのなにもかも、この看板みたいな張りぼてのような気分になる。

なんでそんな気分にならなきゃいけないんだ。

足を踏ん張って、奥歯を噛《か》んで体勢を保つ。全身に力を入れていないと膝《ひざ》から崩れ落ちそうになる。そして、春日井くんがわたしの指先を握りしめると、心臓が締めつけられる。

「つまんなそうって言われて怒るのは、図星だからだろ」

「違う」

「でも去年おれが言ったときは、なにも言わなかった」

「去年と今は、違う」

「うん。今の松坂は、あのときとは違う、おれが見たかった松坂だ」

わたしはそういう話をしているんじゃない。

でも、春日井くんがあたたかな眼差《まなざ》しを向けるせいで、なにも言えなくなる。彼に手を引かれると、抵抗する気力もなくついて行ってしまう。

正面から、いろんなひとがやってくる。

そのあいだをすり抜けるように、春日井くんは前に進んで行く。

「わたし、春日井くんと、付き合ってないけど、別れたい」

「無理」

「わたしが無理」

「楽しくないの？　おれは、松坂と一緒にいるの好きだけど」

そういうことを言わないでほしい。

縋《すが》りたくなる。それと同じだけ手放したくなる。

「ばあちゃんと一緒にいたひとの手紙読んだだろ。あれからずっと考えてたんだよ。ばあちゃんの最期のこととか、昨日は、松坂のことも一緒に」

ぎゅうっと、春日井くんが手に力を込める。

「それで思ったんだよ。死ぬ間際、ばあちゃんは後悔はしてたけど、あの男のひとを選んだことは悔やんでないんじゃないかって」

「なんでそう思うの」

「なんとなく。おれがそう思うだけだから、実際は違うかもしれない。でも、そんなふうに考えたって、おれの自由だろ。もうばあちゃんはいないんだから」

前を向いたまま春日井くんが言い切る。

より江さんの気持ちはもう、誰もわからない。

わかることは、家族を捨ててまで愛したひとからの手紙が、破かれていたこと。より江さんが最期に泣いたこと。それだけだ。

春日井くんのように前向きな結論を、わたしは出せない。

でも目の前にある彼の背中には、そんなわたしの想いをわかったうえでより江さんの幸せを信じようとする、たくましさがあった。

ひとの波に逆らうように突き進む背中に、もたれかかりたくなる。

波には似ても似つかない車のエンジン音や誰かの話し声が聞こえてくる。喧噪《けんそう》が、わたしと春日井くんを包み込む。ここには、わたしと春日井くんと、その他大勢の生きるひとたちの気配が充満している。

このまま身を任せたくなる。

でも——そのうちわたしはなににもなれなくなる。

「別れてよ」

「いや」

「別れて」

「っいやだっつってんだろ！」

突然の大声に、びくついた。

はじめて、春日井くんが声を荒らげた。

低くて、大きくて、足元から全身に響くような声が、木霊する。

一瞬だけだったけれど、まわりの音が静まりかえった。

「おれは、別れない。別れてなんかやらない」

「……なんで、そこまで」

「松坂が好きだからだよ。やっと松坂と近づけたからだよ。ずっと、松坂が自分勝手になるところを、見たかったんだから」

今のわたしは、春日井くんに自分勝手だと思われているのだろうか。

否定できないし、彼の発言から考えると悪い意味ではないようだけれど、受け止め方がわからなくて返事ができない。

ぴたりと春日井くんが足を止めた。慌ててわたしも立ち止まる。

「明日、松坂が死ぬって言われても、今のおれは別れる選択をしない」

極端な話に首を振る。けれど、わたしを摑んでいる春日井くんの腕が小さく震えていることに気づいた。

——まさか。

さっきから、春日井くんは死について、自然に口にしていた。

そろりと視線を持ち上げて、春日井くんの後ろ姿を見つめる。彼は、振り向かない。

「知ってた、の？」

わたしが、死ぬことを。

「うん」

「いつから、なん、で」

うそだと言ってほしい。知らないと、そんなはずないと、笑ってほしい。

春日井くんにだけは、知られたくなかった。

「頭痛がするって言って飲んでた薬、一時期母さんも飲んでた。精密検査の結果が出るまでのあいだだけで、結果問題がなかったんだけど、そのときに調べたことがある」

そういえば、病気がわかってすぐの頃、より江さんの家で薬を飲んだそのとき、薬の話をした。

「はっきり知ったのは、松坂を家に送ったときだよ。松坂のお母さんが出てきて教えてくれた。たぶん松坂は言わないだろうから、でも親として伝えておきたいって。そうするべきだって」

「なんでそんな、ことを」

「松坂が心配だったんだろ。おれは、教えてもらってよかったけどな」

言わないでよ勝手に。

言いたくなかったのに、なんでそんな勝手なことするの。

心配してるからって、なんでわたしになにも言わずに。

そしてなんで、知っていて春日井くんはわたしのそばにいたの。

「選択するって、そういうことなんじゃないか」

今度はそろりと、なにかに導かれるように春日井くんは足を踏み出した。

ずっと前を向いている春日井くんは、どんな顔をしているのか。

さっきの感情的だった一面は消え去っていて、やさしくておだやかな、けれど確固たるなにかを感じる声だった。

「誰にでも最適な選択なんかないんだよ。だから悩んで、後悔するんだよ。おれだって実際、松坂と別れないことを後悔しないかどうかなんか、わかんねえよ。したくなくても、するかもしれない」

誰も好き好んで後悔する道を選ぶわけがない。

わたしが、春日井くんと別れたいと思うように。

――『より江さんは、もしも今死んでも、後悔しないですか?』

――『しないね』

そう、信じたいだけなのかもしれない。

「だいたい、なんで後悔したらダメなんだよ」

今の自分が信じられるならそれでいいかもしれない。失敗したって、次があると突き進めるならかまわない。

ただそれは、この先の時間が何十年もあると、無意識に信じているからだ。

三年や五年ではなく、三十年や五十年、もしくはもっと。

「わたしはもう、時間がないの」

立て直す時間がない。落ち込んだらそのままの気分で死を迎えるかもしれない。

「どうにかしたいと思っても、間に合わない」

余命宣告を受けているわたしと、いつ死ぬかわからないほかのひと。

それは決して交わらない。たとえいつ死ぬかわからないひとが明日死んだとしても、今日を同じようには生きられない。

「なにかをすれば、やり残すことになるんだよ」

わたしは、知ってしまった。

今からはじめるほとんどのことが、どこにも辿《たど》り着けないだろうことを。

「この先の約束を、わたしはいつか、守れなくなる」

たとえ明日の約束でも、いつかは〝明日〟が終わる。

このまま頭痛がひどくなったら、そのうちわたしは立ち上がることもできなくなる。痛み止めを一時しのぎで飲んで目を瞑《つむ》って眠るだけだ。話すこともできなくなるかもしれない。目を開けていられる時間だって短くなる。

それがいつになるかわからない。

もしもそのとき、やり残したことがあれば、わたしはベッドの中で何時間も何日も何十日も、手の届かない悔しさで、どろどろのなにかに侵食されてしまう。それを想像するだけで恐怖に襲われる。

わたしに訪れるのは、二度と這《は》い上がれない、真っ暗闇だ。

「だったら、わたしはもう、なにもいらない」

そう言って、春日井くんの手を振り払った。

この手の中になにもなければ、わたしはなにも求めない。

失うことを恐れずに済む。ただ、おだやかに死を待てる。

——それがひどく退屈な日々であったとしても。

いやもういっそ。

「いますぐ、死んだほうがいい」

そう言うと、春日井くんが、ひどく傷ついた顔で振り返った。

わたしは、言ってはいけないことを口にした。

そんな自分に、涙がこぼれる。開けた口から、情けない声が漏れる。

「いやなんだよ、いやだ、だから、いやなんだよ」

春日井くんのそんな顔、見たくなかった。

わたしのせいで傷つく春日井くんを、一瞬たりとも脳裏に焼きつけたくなかった。

彼には笑っていてほしかった。友だちに囲まれて楽しそうにしているところを、遠くから眺めるだけでよかった。

「わたしと一緒にいたことを、春日井くんに後悔してほしくないんだよ」

わたしとの時間を、そんなふうに思ってほしくない。

それ以上に。

「わたしもいつか、好きにならなきゃよかったって、思うかもしれない。付き合わなければよかったって。そんなこと、思いたくない。あんな手紙、書きたくない」

春日井くんだけじゃない。

わたしのまわりにいるひとみんなにも。家族はもちろん、友だちにも。

「わたしは、こわい」

「なにが」

「大事なひとがいたら、やりたいことがたくさん浮かんでくる」

家族ともっと話せばよかった。

鶴ちゃんや羽衣華と、もっと一緒に遊びたかった。

春日井くんと、いろんなことを経験したかった。付き合って、手を繋《つな》いで、キスをして。

ひとつひとつ重ねるたびにわたしは欲張りになる。

自分に正直に、無理をせず過ごせば、毎日はもっと楽しくなって、あれもしたいこれもしたいと思うようになるはずだ。

「そうなったら、別れたくなくなる。死ぬのが、いやになる。そのうちわたしはきっと、八つ当たりしてみんなを傷つける。そしたらみんな、わたしとの時間を、悔やむ」

それならいっそ、現時点でみんなにきらわれてひとりでいるほうがラクだ。

わたしなんかいてもいなくても、誰にも影響のない存在でいたほうが、ラクだ。

「なんでみんな、わたしをきらってくれないの」

どれだけ今この瞬間が幸せでも、ふとしたときに、死が頭をよぎる。

これは死ぬまでこびりついて、消えてなくなることはない。

すべてが終わってしまうと思いはじめたら、いつか〝明日〟が来なくなるのだと考えたら、それだけで耐えきれない。

幸せを感じれば感じるほど、タイムリミットに迫る音が頭に響く。

満たされた気持ちが首に巻き付いて、まるで真綿で首を絞められている気分だ。

だったら最初からなにもないほうがいい。

諦める気持ちすらなくなってしまえば、気持ちは乱れない。

だから、消したい。消してほしい。

みんなとの明日を。みんなの明日からわたしを。

「ひとりでよくない方向に考えてないで、気兼ねなく、松坂がやりたいことを思うがままにやればいい」

「全部はできない。いつかはやり残したことになるんだよ」

「それでもいいじゃん」

「わかったようなこと言わないで！」

思わず、どんっと春日井くんの胸を叩《たた》いた。

「そうだよ、わかんないよ、おれには」

わたしのかたくにぎられた拳《こぶし》を、春日井くんがやさしく包んだ。

そっと、まるで脆《もろ》く繊細なガラス細工を守るように。

「でもおれは、松坂の望むようにはしてやらない」

かすかに震える彼の声が、耳に届く。

「おれだって、いやだよ。松坂と彼氏彼女として一緒にやりたいことがたくさんある。ばあちゃんちの片付けもあるし、放課後にばあちゃんちじゃなくておれんちに行ったり松坂の家に行ったりもしたい」

これまで春日井くんはずっと微笑みを絶やさなかった。

わたしのために、そうしてくれていたことに、今やっと気づく。

「ばあちゃん、死ぬとき母さんに〝悪かった〟って〝あんたたちを置いて家を出てごめんなさい〟って何度も謝ってた。けど、一度も、〝あれは間違いだった〟とは言わなかった」

歯を食いしばり、春日井くんの言葉に耳を傾ける。

「ずっとばあちゃんはバカだなって、かわいそうだなって、思ってた。でも、ばあちゃんはあの男を選んだことは、ひとことも謝らなかった。ばあちゃんが亡くなったとき、母さんは〝最期まで自分の人生を生きたひと〟って言ってた」

わたしたちのあいだを、風が通りすぎる。

より江さんの家の庭に吹くような、やさしい風だ。

「それが褒め言葉かどうかは、母さんにもいろいろ思うことがあるだろうからわかんないけど、でも、おれも今は、ばあちゃんは自分が選んだ道を生きたんだなって思う。選ばなかった道のことを忘れずに生きた。そんなばあちゃんを、おれは、いいとか悪いとかじゃなく、ただ、すげえって思う」

――『後悔なんかしてたまるか』

そうはっきりと答えたより江さんの横顔を思い出す。

あのときより江さんからは、迷いは微塵《みじん》も感じられなかった。より江さんはあのときいた場所に、しっかりと自分の足で立っていた。

「生き方の答えは、それまで自分が歩んだ道を振り返ることでしか出てこないんだよ。選ばなかった道の答えは一生わかんねえんだ。だから、たとえ選択に後悔してなくても、手放した選択肢に未練や後悔を抱くことだってあるんじゃないかって。それでもいいんじゃないかって」

より江さんは、自分で選んだ。

自分の人生を生きるための道を。

「おれももしかしたら、今、松坂の手を放さなかったことを後悔する日がくるかもしれない。いつか松坂がいなくなると思うと、やるせねえよ。信じられねえよ。おれだっていやだしこわいよ」

春日井くんの瞳が揺れる。

涙を浮かべて、けれどそれを必死に呑み込みながら、わたしのそばにいて手を取ってくれる。

「でもだからって、松坂と一緒にできることを諦める選択は、したくない。どっちを選んだって後悔するなら、おれが選ぶのは、後悔してでも、これからも松坂のそばにいることだよ」

春日井くんの言葉に全身が貫かれたような衝撃を感じた。

――〝きみと出会うべきじゃなかった〟

――〝きみを好きにならなければよかった〟

――〝愛されなければよかった〟

より江さんが選んだ男性と、今のわたしの想いは同じだ。

そのことを知りながら、春日井くんはそばにいたいと言ってくれる。

より江さん。

より江さんはどんな気持ちで、死期の迫った男性と過ごしていたの。

春日井くんみたいに、それでも一緒にいたかったの。

相手のあの手紙に、傷ついたはずだ。幸せがあるからこそ、深い傷になるものだから。

でも、ふたりで撮られていた写真はすべて、笑顔だった。最期がどうであれ、ふたりは一緒にいた時間を、かけがえのない愛《いと》おしいものだと、そう思っていたに違いない。

より江さんの返事を訊くことはできないけれど、そう信じたい。

そしてわたしも、そうでありたい。

だからやっぱり思う。

「……し、死にたくない……」

声に出すと、途端に涙が溢《あふ》れた。

ずっと、ずっと思ってたんだ。

「死にたくないよお」

もっと、もっともっと数え切れないくらいの日々を、生きていたい。

はじめて吐露した想いが、涙になって止められない。

わたし、死にたくない。

死にたくないんだよ。

自分が死ぬことなんか、忘れて過ごしたいんだよ。

でもどうしたって消えてくれないんだ。

それが、つらくて仕方ないんだ。

「余命なんて、知りたくなかった……！」

わんわんと子どものように泣きじゃくる。

こんなひとがたくさんいる場所で、大声で泣くなんて恥ずかしくて仕方がない。

でもわたしはずっと、泣きたかったんだ。

死にたくないと、生きたいと、叫びたかった。

泣きながら顔を上げると、真っ青な空がわたしを見下ろしている。

憎らしいほど目映《まばゆ》い青が広がっていて、ますます涙が溢れた。

青い空と、透明なわたしの涙。そして地面に立っているわたしたち。

ざわめきが波のように聞こえてくる。

目を瞑ると、海の写真が浮かんで消えた。

「やりたいこと、やれよ。やろうよ」

春日井くんがわたしの涙を拭って、ささやくように言った。

「めちゃくちゃやり残して、未練たらたらでもいいじゃん。後悔するために過ごすくらいの気持ちでさ。やりたいことを諦めるより、そのほうがずっといいよ」

頬に触れるやさしい手が、わたしを引き寄せる。

「おれは、そうしたいよ」

そんで、最期は一緒に泣き喚《わめ》こう。

小さな小さな声で、春日井くんが言う。

たぶん、春日井くんも泣いていた。


——『死ぬときに、ああしておけばよかった、こうしておけばよかった、なんて後悔ばかりになりそうだね』

より江さんはどうだったの。

男性の後悔ばかりの最期を看取《みと》ったより江さんは、どんな気持ちだったの。

最期、後悔に泣いたより江さんは、苦しかったの。

——『祈里は、中学生だろ。まだまだ先があると思ってるんだろうけど、だったらなおさら、今からいろんなもんを自分で摑んでいかないと、あっという間に死ぬよ。後悔しないように生きるってのは、簡単なことじゃないんだから』

より江さんの思う〝後悔〟ってなんだったのかな。

より江さんも本当は、そんなこと気にしてなかったのかな。

答えは一生わからない。生き方に答えはないし、それを唯一判断できるより江さんはもういないから。

でもこれだけはわかる。

——『ひとりで考えて悩んだってそれで答え出したって、そんなもんは全部独りよがりだ。

だから、この世界には自分以外の誰かがいる』
――『ひとと関わったぶんだけ、選択肢ってのは増えるし、そのひとつひとつへの想像力や考え方も増えるってもんだよ。ただし選ぶのは自分でしな。それを、繰り返すんだ』
――『ひとりで、まわりの大切なひとと、ちゃんと生きなさい』
より江さんは、そうやって生きた。最期に泣いて後悔していたとしても、自分の選択した人生を生きた。
より江さんのことだ、選んだときから悔いを抱くことはわかっていたかもしれない。
それでも、選んだ。自分で。そして、大切なひとと、生きた。
わたしはそんなより江さんのことを、やっぱり、かっこいいと思う。
ひとりだったら、そんなふうに思うことはできなかっただろう。わたし以外の誰か――春日井くんがいて、わたしはこの考えを選んだ。
だからわたしも、まわりの大切なひとと、生きていく。

チョコレートコスモスが、風に揺れる。

「この花言葉、なんだったっけ」

春日井くんに訊かれてスマホを取り出して調べると、〝移りかわらぬ気持ち〟と出てきた。

でもそのあとに〝終わる恋〟というあまりよくない意味も出てくる。

「恋は終わっても気持ちはかわらないってさ」

「そんなんだったっけ？」

ふたつの意味をくっつけて都合のいい花言葉に作りかえる。春日井くんは首を傾げながらも「ふーん」と花を突《つつ》いた。

「そういえば、先生に交換留学の返事したよ。頑張りますって言ったら応援してくれた」

「事情は伝えたのか？」

病気のことを伝えたときの先生の驚いた顔を思い出し、苦笑する。

戸惑う先生に、大丈夫です、と自信満々に答えたうえで、主治医の伯父さんからも許可をもらったと言うと、それなら、と書類を受け取ってくれた。

伯父さんは、体調に問題がなければ、時期的にも大丈夫だ、むしろ行ってきてほしい、と言った。諦めないで、楽しんできて、と、背中を押してくれた。

家族はもちろん、反対している。

まだ三年もあるのだから、と言っても、なかなか首を縦に振ってくれない。

その頃に祈里の頭痛がどうなっているかはわからない、海外で悪化したら大変なことになる、迷惑をかけることになる、と。

気持ちはわかるし、わたしにだって多少の不安はある。

でも、わたしは行くと決めた。家族が反対しても、必ず行く。

頑《かたく》なに意見をかえないわたしに、家族はみんな若干の苛立ちを感じている。心配する気持ちを蔑《ないがし》ろにしているように思えるのだろう。

でも。

「やりたいことを見つけたら、諦めないことにしたから」

以前は、家族に認めてもらうため、自分に自信を持つため、そして、将来の夢のためだった。

今は、ただ行きたいだけだ。

死ぬまでに、海外に行ってみたい。行ったところでわたしの残り少ない人生にはなんの役にも立たないだろう。でもそんなことはどうだっていい。

「生きるためでも、死ぬためでもなく、行きたいから行く」

反対されても、なにを言われても、なにがなんでも、押し切ってみせる。そのことを、いつかなにかしらの理由で後悔することになったって、かまわない。

「最後まで、説得はするけどね」

「笑って見送ってくれたらいいな」

足をぶらぶらと揺らして「うん」と答えた。

そうなってくれたら、うれしい。

明日は、鶴ちゃんと羽衣華と、放課後にパフェを食べに行く約束をしている。ふたりにはまだ病気のことを伝えられていない。いつかは言わなくちゃならないけれど、まだいいか、と思っている。

来年も同じクラスになれたらいいねと話す時間が楽しいから。

この前は高校卒業したら三人で旅行もしたいね、と盛り上がった。

家族に反対されたけれど、アルバイトも短期でいいからそのうちやってみたい。

家族旅行も、今は悪くないなと思う。

「あ、そうだ。週末、駅まで迎えに行くから連絡して。母さんがおいしいケーキ買ってくるって張り切ってたよ」

「ほんと？　楽しみ」

今度の休日は、春日井くんの家に行く予定もある。

「海にも行かないとね。今度は本当の海ね」

「そうだな。映画にも行けてないな」

「こないだ羽衣華に教えてもらったバンドの曲がかっこよかったから、いつかライブに行ってみたいなあ」

「フェスもいいかもな」

縁側に並んで座り、やりたいことを口々に言う。話していると、たくさんのやりたいことが浮かんでくる。

「ほかには、なにがしたい？」

あれもこれも、明日は、明後日は、来年は。

□死ぬことを忘れたい

決して忘れることはできないだろうけれど、それでいい。

いつか、わたしのやりたかった様々なことのほとんどが、やり残したことにかわるだろう。

ああもっとやりたいことがあったのに、もっと楽しい時間を過ごしたかったのに、と最期は泣きながら後悔することになるかもしれない。

それは、わたしが毎日楽しかったからこその悔いだ。幸せな日々でなければ、そんなこと思わないはずだ。

ならば最期は、思いっきり後悔したってかまわない。

わたしは、それを選ぶ。


春日井くんの肩に頭を置いて、庭を眺める。

からまる彼の指先を撫でると、くすくすとこそばゆそうな笑顔を見せてくれた。

「わたし、春日井くんのこと好きなんだよね」

「じゃあ、付き合う?」

「今さらだけど、いいよ」

顔を見合わせて、ふは、と同時に噴き出す。

そして、いつかくる明日の終わりを忘れて、わたしたちは唇を重ねた。

あとがき

はじめまして、こんにちは。櫻《さくら》いいよです。このたびは『きみとの明日を消したい理由』を手に取っていただき、ありがとうございます。はじめて余命もの（と私が勝手に呼んでいるだけなのですが）のお話を書かせていただきました。

このあとがきを書きはじめて、かれこれ三日が経ちました。書いては消しての繰り返しで、若干途方に暮れています。

あとがきらしく、このお話に込めた想いを……と何度もチャレンジしたのですが、まったくまとまらず「見開きでまとめられる能力があればお話を書いてないのでは」としばらく猫を撫《な》でて過ごしました。猫がいなかったらどうなっていたのでしょうか。

とにもかくにも「書きます」と返事をしてしまったので、なにかを書かねば。

〝みんな自分の好きにしたらいい〟

これは、このお話に限らず、私の書いたすべてのお話に共通していることでもあります。

自分の好きにする、ということは、「する」「しない」を自分で選択すること。

ときに、自分の好きにしない、という選択でもいいと思います。選びたくないと思っているのに選ばざるを得ないときも、この先あるかもしれません。それでも、他人の意見ではなく自分の意志でそれを選んだと言えたら、無敵なんじゃないでしょうか。

もちろん、そうしたら後悔しないよ、というわけではありません。数年後に後悔する可能性はあります。でもそのまた数年後には悪くなかったなと満足しているかも。その逆も。

結局、なにがどうなるのかは、誰にもわからないのです。

後悔するかもしれない。ときにひとを傷つけるかもしれない。

生き方も考え方も正解不正解も、ひとの数だけあります。未来がどうなるのかは誰にもわかりません。だからこそ、絶対間違っていない自信は持たず、あり得る様々な結果を覚悟して、この先も私は自分の好きに選んでいきたいな、と思います。

このお話の少年少女、そしてより江さんにも、そうであってほしいです。

こんなひともいるかもしれないな、とあたたかく見守っていただけたらうれしく思います。


最後に。担当編集さんには今作もたくさんのご迷惑をおかけしました。美しく儚《はかな》げな装画を描いてくださったイラストレーターの中村至宏《なかむらゆきひろ》さん。かわいく、かつ切なさもあるカバーにしてくださったデザイナーさん。そのほかたくさんのかたのおかげで、こうして一冊の本になりました。ありがとうございました。

そして、今そこにいるあなたに、心からの感謝を。

2024年9月　櫻いいよ

本書は書き下ろしです。
この作品はフィクションです。
実在の人物・団体とは一切関係がありません。

櫻 いいよ（さくら　いいよ）
大阪府在住。2012年に『君が落とした青空』でデビュー。他の著書に『そういふものにわたしはなりたい』『交換ウソ日記』『世界は「　」で満ちている』『わたしは告白ができない。』『あの日、少年少女は世界を、』『猫だけがその恋を知っている（かもしれない）』『あの夏の日が、消えたとしても』『烏羽色のふたりシリーズ1 滅びのカラス』などがある。

きみとの明日《あした》を消《け》したい理由《りゆう》

2024年９月28日　初版発行

著者／櫻《さくら》 いいよ

発行者／山下直久

発行／株式会社KADOKAWA
〒102-8177　東京都千代田区富士見2-13-3
電話　0570-002-301（ナビダイヤル）

印刷所／旭印刷株式会社

製本所／本間製本株式会社

●お問い合わせ
https://www.kadokawa.co.jp/（「お問い合わせ」へお進みください）
※内容によっては、お答えできない場合があります。
※サポートは日本国内のみとさせていただきます。
※Japanese text only

定価はカバーに表示してあります。

ISBN 978-4-04-115066-5　C0093